論創ノベルス

塔のある図書館にて

Ronso Novels 015

麦野弘明

論創社

目次◎塔のある図書館にて

彼女がそこにいるはずはなかった。
それなのに、彼女はそこに座っていた。

僕は草はらに転がる石材のひとつに腰かけて、いるはずはないのに目の前にいる彼女のことを、ぼんやりと見ていた。声は、まだ掛けられなかった。

草はらには音がない。周辺は影が囲んでいて、真ん中だけぼうと明るい。円光の中には僕たちしかいなかった。雨はすでに止んでいた。雨上がりは草の匂いが濃くなる。

藤崎雪葉《ゆきは》は歪《いびつ》な直方体の石のうえに、寄りかかるように浅く腰かけている。その石はたぶんずっと以前からそこに転がったまま動かされなかったもので、草は石を避けて伸びていた。石の表面は長い年月風に吹かれ、陽の光を浴び、雨に濡れて乾き、白っぽく変色していた。その石の半分ほどは雨の当たらない場所にあった。だから乾いていて、彼女は石のそちら側に腰かけていた。

僕は彼女の存在を信じることができなかった。だから、目の前に見えるその姿が、僕自身の造り出した幻影である証拠を探そうとしていた。

黒いスニーカーが雨滴を含んだ草を踏んでいる。

草は靴に踏まれてたわみ、倒れている。葉の先だけが靴の端から覗いている。

靴は確かに実在していて、重みがあるようだった。

靴紐の蝶々結びの片方の輪が小さいのは、藤崎のいつもの結び方だった。


彼女には影もあった。

光量が少ないため、それは真夏の昼間にコンクリートのうえに映るような明確な輪郭を有するものではなかった。しかし明暗は確かにあった。彼女の影が落ちている草の中で、何かが跳ねた。とても小さな、たぶんショウリョウバッタだった。

影が生じるということは、そこに光を妨げる実体が在るということを意味する。


彼女の肩は、一定の間隔を空けながら、ゆっくりと、ごく微かに動いていた。呼吸をしていた。そしてより長い間隔を空けながら、まばたきも繰り返していた。目が合った。どちらかというと彼女は微笑んでいる。僕は視線を逸らすタイミングが判らなくなった。

微かに風が流れて、雨上がりの草の匂いと一緒に香水がやわらかく香った。僕には銘柄の判らない、彼女の気に入りの香水だった。記憶の断片が溢れて、風車《かざぐるま》のように廻りはじめる。だが今は制さなければならない。尋ねなければならない。

僕は乾いた唇をしめした。

「生きているのかい」

声はかすれた。いつの間にか喉が渇いていた。

問いは、同時に重なった彼女の言葉にかき消された。

「池田にとって科学とはどんなもの」

一、出題

車窓から見える瀬戸内海は凪《な》いでいた。砂浜は線路とほとんど平行に延びている。だから時間にして十数分間、窓際の乗客はずっと向こうまで広がる海原を眺めることができる。遠方の島々は今日はやや霞《かす》み、灰緑色《かいりょくしょく》に見えた。砂浜の先に、何か白い箱が見えてきた。それはクーラーボックスで、釣竿も立てかけられていたが、持ち主の姿は浜のどこにもなかった。持ち主不在のクーラーボックスはそのまま背後へ流れ去った。

鋭い風の音とともに、停電したテレビのように目の前が真っ暗になった。トンネルである。トンネルに入ると自分の顔がガラスに映る。数秒間目を伏せていると、この居心地の悪い時間はいつものようにすぐに終わる。

列車は民家と山の隙間を滑るように走り抜けて、赤瓦の小さな駅に到着した。ホームに降りたのは数人だけで、僕はその最後尾に立っていた。笛が鳴り、ドアが閉まり、濃い黄色に塗られた車体は、ゴトゴトと音を立てながら陸橋をくぐって走り去った。

ホームのすぐ後ろは山である。

薄緑色のフェンスが張られているが、春になって勢いづいた草々は、隙間から悠々と葉を伸ばし蔓《つる》を這わせ、こちら側に侵入していた。気がついて見ると、対岸のホームの下の石くれの間から、大きな蓬《よもぎ》が背を伸ばしている。あれほど大きくなるまでよく踏みつけられなかったものだと感心したが、もちろん、踏みつけられる位置になかったからこそ伸びたのだろう。

錆《さび》の目立つ陸橋を渡り、改札を通って駅の外に出た。

駅前には真新しいコンビニエンスストアが一軒と、その横に暖簾《のれん》の色褪せた中華料理店があるだけだった。もとは深紅だったのだろうが、今は桜色である。

あとは、草木と民家である。

やや幅の広い下り道が一本、民家の間をまっすぐに延びている。その道を歩きはじめた。水たまりさえなければ、昨夜の豪雨と暴風は嘘のようだった。

民家しかないといっても、この辺りの景観はなかなか面白い。アパートの類は少なく、一軒家が多い。それも、田舎町なので一軒一軒が広く、庭と、大小の畑のついているものがほとんどである。しかし中には、見るからに新しい白い家が、見るからに古い木造平家の敷地内に建っていたりする。老朽化の進んだ建物を取り壊して、新築したのだろうと想像しながら通り過ぎる。

しばらく歩くと坂道は終わる。坂下の小学校のグラウンドをまわりこむと、今度はゆるい上り坂が一本、広い田畑の隙間を、向こうの森まで続いている。アスファルトにはひびが入っていたり、穴が開いて下の土が見えていたりする。

グラウンドの周囲は、丈の高い緑色のネットで囲まれている。通り過ぎるときに見上げると、ネットの上の方で蔦《つた》が絡まり合っていて、ぎざぎざの葉が気持ちよさそうに風に吹かれていた。

森に入ると道は曲がりはじめる。木陰の涼しい道を登ってゆく。

途中、山肌に二か所、板戸で封じられた小さなトンネルのようなものを見かける。板戸の木材は防腐剤のために炭のように黒く染まっているが、砂埃をかぶっていて薄白く見える。埋め立てられた防空壕だと、以前聞いた。

やがて、煉瓦の門柱が見えてくる。左の柱には大きな一枚板が掛けられていて、墨痕鮮やかに「桂の森図書館」と書かれている。朽ちた舗装道路はそこから砂利道に変わり、まっすぐに延びる。道の先に目を転じると、木陰が丸く途切れたところに、図書館は見える。

風変りな建築物だった。

まず、黒瓦の屋根が図書館という感じを与えない。白壁の城のような印象であるが、全体が日本建築というわけでもない。外から見える窓や扉は現代的な、シンプルなデザインのものが多い。しかしところによっては、たぶん樫の木で出来た木製の扉もあれば、青い色ガラスの嵌った窓もある。蔦を這わせている壁もある。屋根を見上げると、黒瓦の整列の中に一部分、ガラス張りのドームのようになっている箇所もある。正面の出入り口だけは二重の自動ドアになっていて、一般的な図書館でもよく見かける造りになっている。

砂利道を進んで行くと、樹の枝に半ば隠れていた建物の上の方が、だんだんと見えてくる。外観で何よりもちぐはぐに思われるのは、建物最上部、城で喩えれば天守閣の位置に当たるはずの、時計塔である。もっとも、天守閣というには、塔はやや奥まった位置にある。

六角形の瓦屋根を笠のように被り、その下の四面の白壁のうち、正面を向いている南側の壁と、その真裏の北側の壁に、大きな文字盤が埋め込まれている。正面の文字盤にはローマ数字が振られており、今は見えない裏に面した文字盤には算用数字が並んでいる。六角形の屋根のそれぞれの頂点からは、吊り燈籠《どうろう》のようなものが下がっていて、屋根の上には風見鶏《かざみどり》が立っていた。

陽射しがちらちらと瓦を光らせている。なんとなく、巨大な魚の鱗を思わせる。

地上三階建ての建物の上に、さらに時計塔が建っている。上に登ったことはないため正確なところは判らないが、塔を仮に二階分として数えると、全体では五階建てといった方がよいのかもしれない。

何度来ても何度見ても、やはり図書館には見えなかった。

まして一個人が建てたものとも、やはり思えなかった。

広い芝生には、丸く整えられたツツジの低木が、点々と小島のように植えられている。ざりざりと足音を立てながらその横を通り過ぎ、自動ドアの前に立った。

二番目の自動ドアが開くと、古い書物の薫りが鼻をうった。しかしまだ書架もカウンターも見えない。

吹き抜けの広いホールである。床は白の、たぶん大理石である。中央には木製の大階段が二階の回廊へと延びている。そこからさらに三階に上がる階段は、回廊の東西二か所にあった。大階段の手すりの側面には、葡萄《ぶどう》の蔓模様が浮き彫りにされている。

館内部は、明治期の洋館を思わせる造りと装飾になっていた。

シャンデリアとは違うようだが、四本に枝分かれした金属製の支柱の先に、それぞれハンドボールほどの大きさの、丸い曇りガラスの電灯がくっついたものが、回廊の底面にところどころ吊り下がっている。今は灯っていない。

外観とはまた、全く違った印象である。

二階と三階の回廊の、さらに上に広がる天井は、大部分がガラス張りになっている。ゆるやかなドーム状を成していて、三角格子の鉄枠の隙間から、青空が見えた。

ホールには木製の大きな扉がいくつも立ち並んでいる。それらが書庫や閲覧室、事務室や印刷室へと通じている。扉には白いプラスチックの張り札があって、黒字でその部屋の名が書かれている。今日はどの部屋にも誰もいないはずだった。

入口横の大きな振り子時計を見る。一時五十二分。

二階に上がる。

回廊をめぐり、東側の階段をのぼって三階に出た。

東南の角部屋が北岡准教授の部屋である。

廊下の端には窓がある。十字の鉄枠が嵌っていて、右上と左下のガラスは、濃い青の色ガラスになっている。窓の手前には木製の小さな丸テーブルがある。レースが敷かれ、その上に紅い花瓶が置かれていて、白い花が挿してある。造花だから枯れることはない。色ガラスを通して青く染まった光は、花瓶の一部を紫色に照らし、造花を水色に見せていた。埃が微かに漂っていた。

扉の白いプラスチックの札には「管理人室」と書かれている。

ノックをする。

返事がない。

鍵は掛かっていなかった。覗いてみると、蛍光灯には光がない。曇りガラスの衝立をまわりこんで、奥に入った。左右の壁は、天井まで高さのある本棚で覆われている。奥の壁はガラス戸になっていて、他の部屋ともつながっている長いベランダのようなところに出られる。そのガラス戸の前には机がL字型に置かれており、書物やパソコンが整然と並んでいる。そのまた手前には来客用のテーブルとソファーがあるが、来客はほとんどないそうである。だからテーブルのうえは先生の私物のポットや急須、茶葉の缶、コーヒーの袋などがきれいに埋め尽くしていた。

鍵が開いているので来てはいるらしい。そもそも図書館に入れたのだから、来ていないはずはない。となると、たぶん外である。

裏口の自動ドアから出ると、裏庭を一望できる。

裏庭は前庭よりも広い。

桂《かつら》の樹々がぐるりに植えられていて、さらにその外側を煉瓦塀が大きく囲っている。

広大な芝生である。

中心には噴水が造られてある。サワサワと涼しい音を立てて水が流れている。噴水とはいっても、水が勢いをつけて噴き上がるものではない。近くの小川から引いてきた水が、勾配の関係で少しばかり押し上げられて流れ落ち、パイプを伝って再び川に戻ってゆく循環式のものだそうである。この噴水の水の出てくる様子は、公園でよく見かける、飲み水用の上向きの蛇口をひねったときとすこし似ている。——ここの噴水の方が大ぶりであり、また、より瀟洒な造りではあるが。

原理がとても単純であるため、手入れさえ怠らなければ、半永久的に動き続けるらしい。

その噴水を遠巻きにするような形で、ところどころに、象や馬などをかたどった小ぶりなブロンズ像が置かれている。誰の作品なのかは知らなかった。あるいはそれぞれが別人の作品なのかもしれない。

右の方に、白亜の小さな東屋《あずまや》があった。

想像したとおり、北岡准教授はそこにいた。いたけれども、どうもうたた寝をしている様子だった。ムスッとした表情のままうつむいて、丸眼鏡が少しずれていた。

白亜の東屋の中には、木製の、天板が正三角形のテーブルが一つと、それを囲む、円形に曲がった長いベンチがある。テーブルの天板は寄木細工になっていて、三角形の天板の内には、円や四角や菱《ひし》形がぎっしりと詰まっていた。

天井はドームになっている。外側は真っ白だが、内側には精彩な絵が描かれている。描かれているのは群青《ぐんじょう》に近い青色の空である。中央には、ふくよかな丸顔に、実に穏やかな、なのにどこか小狡そうな笑みをニタニタと浮かべた太陽が描かれている。青空にはところどころ、渡り鳥の群れや気球が小さく浮んでいる。ドームの縁近くには、もこもことした白い入道雲が、青空を取り囲むように、円周全体に広がっていた。

「先生」

返事はなかった。

揺り起こすのも気が引けたので、向かい側に座った。急ぎの用事というわけでもなかった。

噴水に目をやった。小鳥が一羽飛び去るところだった。鶯《うぐいす》だろうか。目白のようでもあった。

そのままぼうっとしていると、

「池田君。挨拶ぐらいしたらどうかね」

見ると、先生が大きなどんぐり眼《まなこ》をこちらに向けていた。口の端に力を入れる癖があるらしく、それがいつものムスッとした表情の元になるようである。不機嫌なわけではない。先生は眼鏡の位置を直して、見事な白髪を手櫛で整えた。

「一度声を掛けたのですが、お休みの様子でしたから」

「起こしてくれたらよかったのに」

「邪魔をするのは気が引けました」

「気を遣ってもらえるのはありがたいがね」

先生は大きな欠伸をしそうになったが、噛み殺した。上品な人なのである。

「さて。部屋に戻るかね。お茶が飲みたくなった」

「行きましょう」

先生は立ちあがって、ツイードのスーツのズボンをはたいた。

玉露《ぎょくろ》というらしい。先生の淹れてくれるお茶はいつも本当に美味しい。

先生は時間を持て余したときにはよくあの東屋へ赴いて安息を愉《たの》しむ。今日は資料の整理をしなければならなかったらしく、午前中には来ていたが、思ったよりも早く片付いたので、する事がなくなり、昼食後、東屋行きを決定したのだそうである。

「それでいつの間にやら、ふわふわといい気持ちになってしまったわけだ」

つまり、予期せずうたた寝をしてしまったため、僕と会う約束の時間に部屋にいられなかったということである。

先生は腕を伸ばし、持っていた黒い湯呑みをテーブルに置くと、あらたまってギロリとこちらを見た。睨んでいるわけではない。大きな目が、眼鏡のレンズでより大きく見えるのである。

「私は雪葉君からは何も聞いていないんだ。きみは、彼女から何か預かり物があるそうだね」

T駅のホームを思い出した。

暖かい風が吹いていた。桜がボロボロ散っていた。

僕はショルダーバッグからその「預かり物」を取り出して、テーブルのうえに置いた。

先生はすこし意外そうな表情になった。

それは鍵だった。古風な造りの鍵で、鈍い銀色の、重たい金属製だった。持ち手の部分が六角形になっていて、銀色の三日月のマークが黒字に浮き彫りにされている。手のひらほどの大きさで、鍵にしては大ぶりだった。

「ちょっと待っていてくれ」

先生は立ちあがり、L字型の机に向かった。

引き出しから取ってきたのは、僕の預かり物と同じ大きさ、同じ形状の鍵だった。

先生はそれをテーブルのうえの、銀色の鍵の横に置いた。

金色の鍵だった。六角形の真ん中には、黒字に金色の太陽が浮き彫りになっている。

「対《つい》のようですね」

「きみはこの鍵を、何と言って預けられたのかね」


僕の意識は再びT駅に戻る。

ホームの裏手は、視界の端まで平坦な野草の原になっている。広がる草は一面に、白い小さな、薺《なずな》の花が咲いていた。電車が来るにはまだ時間があった。


「ある——謎を解いてくれと、婉曲に頼まれました。何を解くのか、どこに解く対象があるのか、何も知りませんけれど。三日前のことです。先生の方は?」

先生は僕に向けていた視線を、二本の鍵に落とした。唇の端がぐっと下がって、さらに不機嫌そうな表情になった。

「私は水曜日に預かった。四日前のことだな。祖父からもらったものだが、研究に役立つような預かってくれと言われたんだ。研究対象としての興味は、その時点ではなんとも言えなかったが、預かってくれと言われて預からないのもどうだろうかと思ったから、預かった」

僕は残っていた茶を飲み干し、湯呑みを木の受け皿に置いた。

「一昨日の夜、藤崎からメールがありました。今日の午後二時に先生と会って、預けた鍵を見せてくれといわれたんです。先生の方はどうでしたか」

「一昨日の昼間に電話があった。日曜日に池田君と会ってくれということだった。会えば話は判ると。日曜日は——今日のことだが、元々来るつもりだったから、そう言っておいた。二時ぐらいなら会えると言ったんだ」

「そうでしたか」

藤崎の持ち込んだ話にしては曖昧なことが多すぎた。自分の考えはあらかじめきちんと説明しておくのがいつもの彼女だった。

「雪葉君はもう向こうに帰ったのかな」

藤崎は東京の大学に通っている。東京へは新幹線で四時間ほどかかる。

「ええ。今は向こうのはずです。三日前に会ったとき、明日帰ると言っていましたから」

先生は気難しそうな顔を、さらに顰《しか》めっ面に近いほど歪ませて、再びお茶を淹れはじめた。手を動かしながら問う。

「ある謎を解いてほしいと頼んだのか雪葉君は。――きみも飲むかい」

「いただきます。――ええ。藤崎にしては随分と歯切れの悪い言い方でしたが」


三日前のT駅二番線ホーム。

今にも降りはじめそうな曇り空だった。風の向きが変わって、白い小さな花は一斉に大きく傾き、波打った。


「そして秘密裏におこなってほしい様子でした」

「それは、私も言われた」

先生はお茶を飲むとやや表情を柔らかくした。満足のいく具合に淹れられたのだろう。

僕も飲んだ。旨かった。

「現存の桂城翔葉《かつらぎしょうよう》の資料の中に、何かこの鍵についての記述はあるのですか?」

「それが、無いんだな」

桂城翔葉は、この図書館を建てた小説家の名である。

これは筆名で、本名を小野寺晃弘《おのでらあきひろ》という。

新装文庫版『Bの遺書』の著者略歴には、以下のように書かれている。

桂城翔葉（1932―2019）
山口県大島郡日良居村《ひらいそん》（現・周防大島町）生れ。1954（昭和二十九）年、東京大学工学部応用光学科卒業。'60年、工学博士。パリ大学X線解析研究所研究員を経て、帰国後D大学理工学部講師。'68年、『Bの遺書』で第一四回江戸川乱歩賞を受賞し、作家デビュー。主な著書に、『絡繰心中』（'70年）、『錆びついた車軸』（'76年）、『さざんかの銅版画』（'81年）等。'82年以降劇作家、映画監督としても活動。2003（平成十五）年、大作映画『黄泉の燈』撮影終了。以降、活動休止。'07年山口県D市に桂の森図書館を私設、蔵書の大部分を寄贈した。

現在、一般の評価としては、翔葉はいわゆる文豪と称されている。デビュー作の新装文庫版が近年になって再び発売されることから見ても、人気は衰えていない様子である。僕も一時期熱中して、読みあさったことがある。一方で映画監督作品の評価はあまり高くないが、こちらの方も、僕は嫌いではなかった。

二〇一九年に翔葉が肺癌で亡くなったのち、桂の森図書館は故人の意志によって私立D大学に寄贈され、管理されることになった。

北岡先生はD大学の文学部准教授である。専門は近代日本文学。先生が主に研究している明治生まれのある小説家が、翔葉とも関係のあった人だということで、図書館管理人に任命された。

本人の言では「体《てい》のいい左遷」なのだそうだが、案外今の居場所を気に入っている様子である。

藤崎雪葉は桂城翔葉の孫娘である。

そして中学・高校時代における僕の同級生でもあった。


僕は、今年二十四歳になる。

横浜市のK大学大学院の、理工学研究科応用光学専攻の学生である。

昨年の秋から休学を続けていた。四月からは学校に戻るつもりではある。――つもりではあるが、もしかするとまた、休学、あるいは退学を決めるかもしれなかった。まだ判らない。

今は実家に戻っていた。高校のとき通っていた学習塾で、週三日、物理講師のアルバイトをしている。

「文献には何も残っていないんだ。だが、こうして二つ並べてみると、思い出したことがあるんだ。ついてきてくれ」

先生は二本の鍵を掌中におさめると、よっこらしょと立ちあがった。

着いたのはホールだった。

壁際に置かれている振り子時計の前に、先生は立ち止まった。出入り口のすぐ横である。

二メートルはある、大きな振り子時計である。艶のある木製で、波紋のような木目が印象的である。ガラス扉の奥の振り子は実に大きく、子供用のシンバルほどはあるだろう。文字盤は四角形で、その中に十二個の漢数字が円形に並んでいた。ネジ巻き用の穴が二箇所、中心を挟んで開いている。文字盤の上部の板には生き物の浮き彫りが施されていた。蛇がいる。蛙がいる。蜻蛉《とんぼ》がいる。鯨がいる。イルカがいる。こうして並べると滅茶苦茶な組み合わせだが、それらは巧みに配置され、夢物語的な世界が見事に構成されていた。

先生は振り子のガラス扉を開いた。

「これをご覧」

見下ろすと、振り子の揺れている空間の下部に、膝丈ほどの箱があった。時計と同じ材質の木でできている。底部は固定されているらしく、時計と一体化していた。箱の正面には観音開きの扉がある。その扉の表面には、雲のような模様が全体に浮き出しに彫られていた。細かい装飾である。さらに左右の扉のそれぞれの中心部には、左に三日月、右に太陽の形が浮き彫りにされていた。そして扉の境目を挟むように、鍵穴が二箇所あった。

「同じマークですね」

手渡された鍵のマークと見比べて僕は言った。

「開けてみなさい」

左の鍵穴に、月の鍵を挿して回した。

手応えがあり、ゴトンと鈍い音が鳴った。

右の穴に太陽の鍵を挿して回す。戸の後ろで再び音が鳴る。

扉を開く。

自動ドアの外から来る外光で、箱の内部が淡く照らされた。

銀色の、金属製のハンドルが、横に三つ並んでいた。奥の板面から突き出ている。ハンドルの形状は、古い型のかき氷機の手回し部分に似ているが、直径はもっと小さく、十センチと少しといったところだった。

「ハンドルのようですね」

「見たら分かるよ」

「廻してみましょうか」

「やってみてくれ」

右端のハンドルを数回廻してみた。

手応えがない。

手を止めて待ってみたが、静まり返っている。

「何も起きないですね」

先生は内ポケットからペンライトを取り出すと、僕の横にしゃがんで箱の内部を照らした。

それぞれのハンドルの付け根の板面に、左からⅠ、Ⅱ、Ⅲと彫り込まれていた。ハンドルには番号が振られているらしい。さらにハンドル自体にも、金属面に、おかしな記号の羅列が彫刻されていた。

「この記号は何だろうか。——ハンドルによって、記号が異なっているようだが」

僕はショルダーバッグからスマートフォンを取り出そうとした。写真を撮ろうと思ったからである。しかし、先週急に起動しなくなって、そのまま家の机にずっと置きっ放しにしていることを思い出した。近いうちに修理に持っていかなければならない。

代わりに手帳を開いて、それぞれのハンドルの記号を写しとった。先生は携帯電話そのものを持っていない。

Ⅰのハンドル
Ⅱのハンドル
Ⅲのハンドル

先生は箱に首を突っこむような体勢になり、ハンドルを適当にぐるぐる廻していた。僕は手帳に書きこみを入れながら色々考えていたが、ふと、読み方の見当がついた。

「先生、これは暗号になっています」

先生は危うく頭を箱の天井にぶつけるところだったが、うまくかわして振り返った。ただでさえ大きな目がさらに見開かれている。驚いているようだった。

「解けたのかね」

「たぶん。――ちょっと失礼」

先生が退いて立ちあがり、僕は箱の前にしゃがんだ。ペンライトを貸してもらった。ハンドルに彫刻された記号は、径の小さな光が当たるとチラチラと反射した。

「このギザギザの記号は、それぞれがアルファベットに対応しています。ギザギザの両端と、折れている角の部分に点を打つと、その合計がアルファベットの番号になっているのです。横に点がある場合にはこれも足し合わせます。左右対称の記号が見られますが、これはアルファベットが全部で二十六文字だからです。折れが右にあるものは前半の十三文字のアルファベットに、左にあるものは後半の十三文字のアルファベットに対応しています。表にするとこんなふうに」

僕は汚い手書きの表を先生に見せた。先生はそれを覗きこんで、解ったのか解らなかったのか、うむと唸った。即興の説明はどうも苦手である。

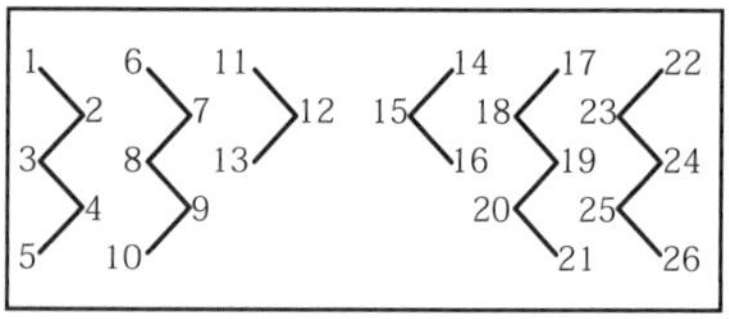

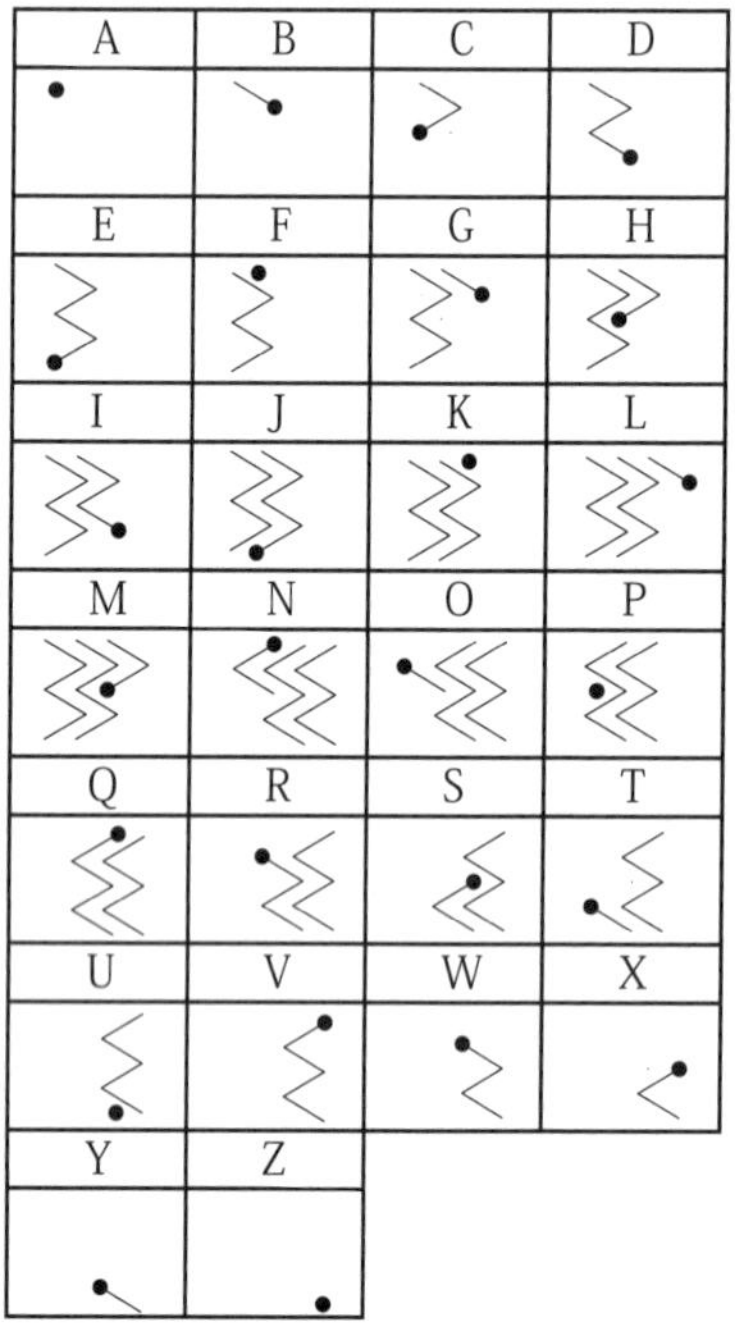

「どういう文章になるのかね」
僕は手帳のうえで、表とハンドルの記号をひとつひとつ対応させて、アルファベットを書きこんでいった。文章は簡単なものだった。

Ⅰのハンドル：RIGHT FOUR LEFT TWO
Ⅱのハンドル：LEFT ONE RIGHT THREE
Ⅲのハンドル：PULL

Ⅰのハンドルを、右に四回、左に二回廻した。廻し終えると、ハンドルはガチンと重い音を立ててロックされ、動かなくなった。Ⅱのハンドルを左に一回、右に三回廻す。ガチンと止まる。最後にⅢのハンドルを手前に引いた。再び固い音が鳴って、ハンドルはロックされた。

上の方でゴロゴロと歯車の廻るような音が聞こえた。

「見たまえ」

先生は文字盤を見上げていた。

僕は立ちあがって先生の横に立った。オーデコロンの香りがした。

文字盤の一部がゆっくりと動いていた。四角い文字盤の中の、針の中心と、「五」「六」「七」の数字との間の、扇型の空白部分が、ちょうど月相機能《ムーンフェイズ》のように回転しはじめて、そこに、同じような稲妻型の記号の羅列が現れた。白塗りの金属面に、黒文字が点字のように浮き出しになっていた。

「読んでみてくれ」

表をもとに、記号とアルファベットを対応させる。

SLIDE THE FROG

と読める。

文字盤の上部を見上げた。横長の長方形の板面に、生き物の浮き彫りが施されている。蛇。蜻蛉。鯨。イルカ。蛙。

蛙の浮き彫りに触れると、動くようだった。右にスライドさせる。蛙の奥で、パチリと何かが爆《は》ぜるような音が聞こえた。浮き彫りのある長方形の厚い板全体が、手前に開いた。扉になっていたのである。窓際に置かれていた籐椅子を持ってきて乗り、奥をペンライトで照らすと、再び金属製のハンドルがあった。先ほどのものよりも、ふたまわりほど大きかった。

「何があるかね」

「ハンドルです。下のものよりも大きいのが一つあります」

「また記号があるのかね」

「ありますね」

ハンドルの表面に記号の彫り物がある。すこし長い。

置換して読むと、

RIGHT FOUR AND GO TO THE STUDY

となった。

「右に四回廻して、書斎へ行けと書いてあります」

「そうか。――池田君、その開いた扉の裏側にも何かあるみたいだ」

見ると、厚い板の裏側には、薄墨色の鉄板が張られていた。

鉄板には小さな文字が彫刻されている。

455 nm, 82
700 nm, 76
605 nm, 23
540 nm, 18
630 nm, 60
800 nm, 55
750 nm, 34
575 nm, 5
680 nm, 12
495 nm, 90
500 nm, 77

「新しい暗号ですかね。――まずは、このハンドルを廻してみます」

右に四回廻す。すると、重い金属どうしを打ちつけたような、ガチンという鈍い音が鳴ってハンドルは止まり――


コォォォォォンンンンンン……

建物の上の方で音が鳴っていた。音の響き方から、それはたぶん外だった。

先生と連れ立って外に出て、前庭のツツジの横で振り返って図書館を見上げた。

青空を背景に時計塔が聳えている。

その六角形の屋根の頂点から吊り下げられている、吊り燈籠のようなものの一つが、大きく揺れていた。正面から見て右奥に位置するものである。

全体が青銅色で、四角い屋根の下に、釣鐘形状のものが一体化している。揺れるたびに、おそらくは内側の面に舌《ぜつ》が接触し、反響を起こし、音が鳴り、長く尾を引く。あれは鐘なのだ。

教会の鐘ほど華やかな音色ではない。

寺院の釣鐘ほど重たく沈んだ音でもない。

しかし、じっと耳を澄ましていたいと思うような、厳かな音ではあった。

「銅鐸《どうたく》になっているんだな」

先生が呟いた。

銅鐸は計五回、高く音を響かせると、ぴたりと動きを止めた。

それでも余韻は長く残った。明瞭な音が聞こえなくなった後も、空気の揺動は続いた。

先生は顔をおろすと、目をパチパチさせながら地面を睨みつけていた。何か考えこんでいる様子だった。すると急にこちらに首をまわし、まじまじと僕を見た。

「池田君。雪葉君の言っていた謎というのは、この事のようだね。おそらく暗号は——あるいは他の形式の問題かもしれんが、あと、少なくとも四つは残っているようだ」

「なぜですか」

先生は六角形の屋根を見上げた。話し方はいつものように、ゆっくりとしたテンポだった。

「謎を解くごとに、あの銅鐸が鳴るからくりなのだろう。屋根は六角形だが、同じ形状の銅鐸は五つ並んでいる。真北に位置する頂点からは、青銅の円柱がぶら下がっているが、あれは鐘ではないからね。銅鐸の一つは今鳴ったのだから、少なくとも、謎はあと四つ残っているんだ」

突飛な推論だが、現に一つ鳴ったのだから、説得力はあった。

先生の背後の杉の梢で、鷺が鳴いた。鷺は警戒心が強いと聞く。鐘の音に驚いて逃げなかったのだろうか。それとも一度離れて、戻ってきたのだろうか。

先生はもう一度僕を見据えた。

「池田君。雪葉君は、きみに謎を解くように頼んだのだろう?」

「そう、です。婉曲な言い方ではありましたけど」

「それならば――これはきみの謎だ」

先生はそう言った。

「私からもお願いしたい。細かい字は見えにくいし、それに、私は暗号の解読のようなことは苦手なんだ。むろんお礼はきちんとするよ」

「お礼なんていりませんよ。それに、僕なんかにできるかどうかも分かりません。――それでもよろしければ、お引き受けします」

話は、こうしてまとまった。

二、$v=f\lambda$

三日前。

藤崎雪葉が僕の勤める小さな学習塾にやって来たのは、午後の早い時間帯だった。

三月末は、生徒たち——高校一年生から三年生——は、まだ春休み中である。三月中旬まで続いていた春期講習も終わっているため、授業はほとんどない。浪人生たちの授業はあるが、こちらもコマ数は多くない。三月いっぱいでアルバイトを辞めるため、春からの授業計画の会議に参加する必要もなく、暇だった。

僕は職員室で、来年度からT高校で使われることになった問題集をめくっていた。

「池田君、お客さんだよお」

事務の蒲田さんに呼ばれて行くと、来客室に藤崎雪葉がいた。

「久しぶり」

はじめに口を開いたのは藤崎の方だった。僕は驚いていて、返事が遅れた。

「や。久しぶり」

ギシギシと音が鳴るパイプ椅子に座って、向かいあった。

成人式のとき以来であるから、三年以上会っていない。

藤崎は染めていた髪をもとの黒髪に戻していた。ショートヘアに関しては、中学時代からずっと固定である。

「スマホ壊れたの？」

と聞かれた。長机のうえには、彼女のスマートフォンが置かれていた。ケースはプラスチック製で、朝顔のように鮮やかな、濃い青色のものだった。藤崎の好きな色である。

「うん。先週急に起動しなくなってね」

「返事が全然返ってこないから竹中に聞いたんだよ。そうしたら、池田がこっちに戻って来てて、ここでアルバイトしてることを教えてくれた。それで、蒲田さんに電話をかけたら、今日は来る日だって聞いてね。で、来てみたんだよ」

「あとでパソコンのメールアドレスを教えるよ。そっちなら確認できるから。スマホは、まあ、四月に入る前には修理に出すつもりだよ」

「早いところ直してもらうべきだね」

藤崎は手の甲で右目をかるくこすると、来客室を見まわした。広い部屋ではない。六畳ほどの殺風景な空間に、教室と同じ長机と、教室のものよりも軋むパイプ椅子が置いてある。印刷室も兼ねているので、大型のコピー機が机の後ろに置かれている。横の棚にはコピー用紙の束がいっぱいに積み重なっていた。

「変わらないね」

藤崎は別段懐かしそうでもなく、そう言った。彼女も僕と同様、高校のときにはこの学習塾に通っていた。さらに彼女は一年間、ここで浪人生として勉強した。

今は東京の医学系の大学で、薬学部に所属している。

「相変わらず忙しいのかい、薬学部は」

藤崎は答えなかった。普段は明るい色彩を好むのに、珍しく黒っぽい服を着ているせいだろうか、心もち沈んで見えないこともなかった。黒い、丈の長いワンピースである。襟や袖に襞《ひだ》の飾りがついてはいるが、喪服としても充分通用しそうだった。

左腕には緑の石のブレスレットを嵌めていた。修学旅行のとき、青か緑で集合時間ぎりぎりまで悩んで買ったお土産である。懐かしかった。

「そっちは？　休学したなんて聞いてなかったけど」

「まあ、ね。ご覧のとおり、物理の講師をしている」

「はぐらかさないでよ。なんで休学したの」

冗談を言って誤魔化せるような雰囲気でもなかった。

しかし、なぜと問われても、僕にはうまく説明ができない。

授業についていけなかったわけではない。研究室内の人間関係がこじれたわけでもない。どちらも、むしろ良好といえた。

それはたぶん、強いて言うならば、物理学が嫌いになったからだった。物理学に限らず、科学という行為そのものが嫌いになったのかもしれない。そう言語化してみると、完全ではないものの、今の気分をある程度説明できるような気もする。

僕は考え考え、科学に不信を抱くようになった理由を話しはじめてみた。筋の通った話ができる自信は砂粒ほどもなかった。だが、相手が藤崎だから、話の途中で立ち止まって少々考えこんでも、また訂正しても、安心して話し続けることができた。


大学一年の終わりから二年の初めにかけて、科学に対して抱いていた信頼が、急速に崩れていった。それまでの僕にとって、科学は、その中でも物理学は、鉄筋のように頑丈で、頼もしい存在だったのだが。

科学は、在るものを——観測できるものを、ありのままに観て、その物事のもつ法則性を見つける行為だと僕は考えている。この法則性は、物理学の場合には数学的に、つまり数量の関係として表される。

なぜ数量の関係で表されるのか。それは、その関係式ひとつさえ分かっていれば、量的には異なる現象の場合にも、数値を入れ換えることで、まったく同じ関係式で表すことができるからである。

例えばシーソーを考えてみる。

シーソーは、左右の両端に載せる重さが等しいときには、どちらに傾くこともなく、バランスをとってつりあう。

だが今は、誰もその法則をまだ知らないとする。私たちはシーソーを前にした幼児であるのだと想像してほしい。数ある遊具の中からなぜか、事もあろうにシーソーに心を惹かれ、飽くなき探究心がほとんど運命的に芽生えたとする。

シーソーの左右の端にバケツを置く。置く位置の、中心からの距離は等しいとする。

左のバケツに五十グラムの砂を入れる。シーソーは左に傾く。

右に砂を少しずつ入れる。五十グラムになると、シーソーはつりあう。

そこで、「そうか。五十グラムずつ入れるとつりあうのだな」と気づく。

しかしそのうち、七十五グラムずつでも、三十四グラムずつでも、百二十六グラムずつでもシーソーはつりあうことを知る。そこでついに、特定の量に関わらず、左右の砂が同じ重さの時ならいつでもつりあうのだと気づく。左のバケツに入れる砂の重さをA、右のバケツのそれをBとして、「A＝Bのときシーソーはつりあう」という結論を出す。

こうしておけば、Aの値が最初から決まっているときには、Bすなわち右のバケツにどれだけの砂を入れればよいのかすぐに分かるし、逆もまた然りである。また、微妙につりあっていないときに、あとどれくらいの砂を入れればよいのかを数値的に求めることもできる。

使い勝手がとてもいい。

物理学の法則は、こういうふうなものだと僕は考えている。

極めてシンプルであるが、その分、使い勝手はとてもいい。こうした様々な法則性は、世の中のあらゆる現象の中に潜んでいて、物理学——特に理論物理学は、それを探求する学問であると考えている。

その認識は、今も昔も僕の中では変わっていない。

——ただ、人間はそうした法則を探求し過ぎてしまったのではないか、と考えるようになった。僕などが指摘するまでもなく、現代人の生活は高度な科学技術に囲まれている。さらにその技術を増やしていこうとさえしている。神は死に、お化けは消え、祖父母からの口碑伝承はもはや説得力を失った。すくなくとも失いかけてはいるだろう。夜中に口笛を吹いたら蛇が出るぞと聞かされても、どうということもない。

それと同時に、自然界に対する畏れのようなものが希薄になってしまったことは、まあ確かだろう。この部分が、僕にはどうも納得できない。

残しておいてよいもの、残しておいた方がよいものも全て、「科学的ではない」というだけで、十把一絡げに切り捨てているような印象がある。まるで「科学的であること」だけが、価値判断のための絶対のものさしであるかのようだ。

新たな客人があったので、僕たちは来客室を出ることにした。

駅前のカフェに落ち着いた。高校時代にもよく来た店だった。三代だか四代続く老舗《しにせ》であるから、店の風格がまず違う。カウンターの後ろに珈琲用のサイフォンが並んでいる。本物のステンドグラスの窓があり、出窓の棚に置かれた花瓶には、いつも淡紅色の薔薇が活けてあった。その割に値段が良心的なので、学生たちにも人気がある。このまえ生徒の一人に聞いてみると、僕たちの学生時代と同じように、よく利用していると言っていた。

注文を終えるまでは、科学の話は中断してサークル活動の話をしていた。彼女は勉強の方が忙しいだろうに登山サークルに所属していて、時間を見つけては登山を敢行している。標高の高い山の場合は装備品も増えるため、体力が余計に必要だと語った。

藤崎はよく、手の甲で目をこする。あまり頻繁な日には目が充血することもあった。高校時代には何度か、やめた方がいいと止めたこともあったが、癖は抜けなかった。しかし、久しぶりにそのしぐさを目にして、僕はむしろ懐かしさを感じた。おかしな言い方だが、ああほんとに藤崎なんだと思った。

よく磨かれた床のうえに、ステンドグラスを通して赤と青の光が映っていた。

糊の効いた白いシャツに、濃い緑色のエプロンをかけた年配の店員が、抹茶ラテとアイスコーヒーを運んできた。

さて。

「科学」の利点のひとつに、「まだ起きていない現象の様子を予想できる」という点がある。天気予報が最も分かりやすい例だろうが、例えば自動車のエンジンだって、この装置とあの装置を組み合わせればきっとこう動くはずだ、という予想を芯に改良されて来たのだろう。

人間が自然に対して抱く畏れの根幹には、「どんなことが起きるか予想できない」という不安が含まれていると思う。闇夜に山中を歩いていて怖いのは、何が起きるか判らないからである。また、何が起きても不思議ではないような気がしてくるからである。実際、山に限らず、これだけ複雑な仕組みや構造を持っている自然界ならば、どんな出来事があっても不思議ではない。

しかし、科学はそのことを忘れさせる効能を持っているらしい。

科学は事物の「共通する性質」のみに眼を向ける。したがって事物の「個別性」は後回しの問題となる。というより、関心の対象外である。もし、科学のそうした側面を歪曲して理解し、事物の個別性は「考慮しなくてよいもの」と解釈し、さらに他の物事にまでそれを敷衍してしまったとき、科学の妄信者がここに一人誕生する。その人にとっては、樹齢何百年の樹を伐ることも、そこら辺の紙切れをやぶるのと同等のおこないである。特に、その行為が自身の利益になるときには。それはちょうど、倫理観を喪ってしまった人間が、人殺しをするのに何らの抵抗感も覚えないのと似ている。

――程度の差はあれど、そうした妄信者は増えているのだと僕は思う。僕自身も、ある程度にはそうである。もちろん、事物の共通する性質に眼を向けることで、解る事実はたくさんある。そうした行為自体を否定するつもりは僕にはない。

しかし、自然に対する畏れは、もっと、色濃く残しておいてもよかったのではないかと思っている。それは、自然の持つ個別性に対する敬意と言い換えることもできる。津波や土砂崩れや地震や豪雨などの物理的災害を除けば、自然に対するぼんやりとした畏れや敬い、それを侵すことへの罪悪感は、たぶん誰がどう見ても、全体としては薄れてしまっただろう。——いかにも環境保護活動家の弁舌のようだが、「その敬いや畏れを僕はまだ持っている」などというつもりはこれっぽっちもない。

山が開拓されても森が無くなっても、それが自分たちの利益になることならば、反対する人はたぶん少ないだろう。誠にサバサバした世界である。こうした状況を惹き起こした一因が科学の台頭にあるのは、まず、間違いのないことだろう。

科学を使い過ぎてしまったのである。と僕は思う。

工学系の研究室に在籍していれば、研究発表の場で様々なことを目にし耳にする。環境を改善、保存するための技術を開発する研究も確かにある。だが、僕の印象では、「効率化」「低コスト化」「時短化」を大きな目的とする研究が、少なくとも工学系においては結構な割合を占めているようである。そして僕もまた、そうした研究に従事していた一人である。

従来の技術の影響を考察せず、とにかく新しいものを次々に開発しようとする姿勢に、少なくとも僕は馴染めなかった。あるいは、馴染めなくなった。だから休学しようと思ったのかもしれない。

要するに僕は馬鹿なのである。

最初に工学系を選択したのは自分なのに、入ってみたら馴染めないなどと言い出す。これほど困った学生はない。

理学系に進めばよかったのかもしれない。つまり、もっと理論的な方面の研究である。僕の大学では学科分けは一年生の冬におこなわれる。高校生のときには理学系に進もうと考えていたのに、工学系を選択することにしたのは、自分の力量に絶望したからでもあった。高校の頃にはそれなりに成績も良く、相当調子に乗っていた。それが大学に入ってみると、いかに未熟だったかを知った。五カ国語を自由に使える人間がいる。三桁の暗算などは寝起きでもできる人間がいる。東京大学の試験問題を二十分で解き終えて残りの時間昼寝していた人間もいる。ただその人は名前を書き忘れて落第した。

力量が足りないから工学系へ、などというと怒られるだろう。もちろん、理学も工学も、学問的価値としては対等であるはずである。しかし、毛色は異なる。工学系ならば、理学系で必要とされる抽象的観念の高度な操作よりもむしろ、個人の発想に基づいた設計やデザインが必要とされ、たとえ微に入り細を穿つような、高度にもほどがあるほど高度な知識を持っていなかったとしても、自身の力量を悲嘆せずに面白い研究ができるように思われた。また、就職に有利であるという打算的な考えも――結局技術系の仕事には興味を失うことにはなったが、その当時は――ないこともなかった。

　しかし、よく考えてみると、工学の研究から生まれた技術が、自然を物理的に破壊するのと同様に、理学の研究もまた、物理的破壊ではないにせよ、自然の神秘性を堕《お》とす要因となることには違いない。どちらでも、同じことなのである。

　科学とは自然を壊す行為なのだろうか。しかしそうかといって、僕は科学を敵視することもできなかった。未練がましく、科学を擁護したい気持ちもべったりと残っていた。

　よく判らない。

　よく判らなくなったから逃げ出したのかもしれない。こうなると思考放棄である。まったく、情けない話である。


　藤崎は黙って僕の話を聞いていた。そして聞き終わると、しばらく黙り込んで、抹茶ラテを飲んでいた。僕はストローの紙袋を小さく折って、箸置きのようなものを作ってグラスの横に置いた。

「こんな話を知ってる？」

　と、藤崎は切り出した。残り少ない抹茶ラテのグラスの横には、ストローの紙袋がまっすぐのまま、きれいにぺたんこにされて置かれている。

「お婆さんと、その孫の青年が、よく晴れた日に一緒に墓参りに出かける。お爺さんのお墓参りなんだね。線香を焚いて合掌した後、ふと見ると、墓石のうえにてんとう虫が這っている。お婆さんはそれを見て、孫にこう言う。これはお爺さんだよ。お爺さんが生まれ変わって会いに来てくれたんだよ。でも、孫はそうは思わない。てんとう虫はてんとう虫。偶然そこを通りかかったに過ぎない。そこで、孫はそう言おうと思ったけれど、結局口にせず、そうだねとお婆さんに同意した」

「初めて聞く話だよ」

「もし、孫がお婆さんに「それはただのてんとう虫だ」と言ったとしたら、どう?」

「その場合には……いや。それはまずいだろう。お婆さんの中の「物語」が壊されてしまう。それは擁護するべきものだよ」

「そうだね。——池田の考える「科学」は、孫が、お婆さんの物語を壊す発言をするところまでを含めた「科学」だよね」

よく解らなかった。

背後で扉が開き、上部に取り付けられたベルがはずみで低く鳴った。新しい二人連れの客たちがカウンターに着いた。

——表情に出たのだろう。藤崎は言葉をつけ足した。

「てんとう虫はてんとう虫であって、人間の生まれ変わりじゃないと考えることを、仮に科学的思考と呼ぶのだとしたら、最後にお婆さんの「物語」を壊したとしても、壊さなかったとしても、孫は「科学」を持っていたことになるんじゃない？」

「科学をどう扱うかは、人間が決めるってことかい」

ある程度、合点はいった。

「だけど――たとえ科学の扱い方をわきまえた人もいるにしても、科学の普及が結果的に、物語や自然を壊すための大きな力になることは否定できないだろう。科学はそういう意味では、トンカチやノコギリみたいな道具に似ていて、使い方をわきまえている人もいれば、それで人を殴り殺す人もいる」

「それはそうだね」

藤崎は話すとき、たいていはその人の眼をまっすぐに覗きこむ。このときも、一度だけグラスに視線を落としただけだった。

「しかも道具と違って、唯一無二の正しい取扱説明書は誰にも書けないからね」

「僕には科学が何なのか、やっぱり判らない。掘削機のように無遠慮に秘密を暴き出す道具、そういう使われ方も確かにある。でも、「科学は道具である」とひと括りにもできないような気もする」

「判らなくなったから休学したの？」

「たぶん——そうなんだと思う。自分勝手な話だよ。自分から理系に進んでおいて、今更やりたくなくなった、なんてね」

僕は氷が溶けて薄まったコーヒーのグラスから顔を上げた。彼女は左目をこすりながら、カウンターの二人連れの客の背に目を向けていた。右側に座っている客である。放心したようにぼうっと見つめていたが、やがて我に返ったように、こちらに向きなおった。

「そろそろ出よう」

「何か、視えたのかい」

「視えないよ何も」

麦茶ほどに希釈されたコーヒーを飲み干して、僕たちは店を出た。

○

桂城翔葉の書斎は二階にある。第三閲覧室の奥、西南の角部屋だった。

通常は閉め切ってあるが、毎週木曜日は見学日になっていて、その日は解錠されて内部を見学できる。桂城翔葉は、図書館建設時にはすでに執筆活動から退いていたが、市内にある自宅の書斎を再現する形でここの「書斎」は造られた。部屋の広さ、窓の形、扉の位置などが忠実に再現されている。机、筆記具、書棚などに関しては、ほとんどが本物である。自宅の書斎から展示用に寄贈されたものだった。

先生が鍵を開けてくれて、僕たちは書斎に入った。

八畳ほどの洋間である。書棚が壁を囲んでいるため、かなり狭く感じられる。向かって左に白い枠の、大きな窓がある。その手前に執筆用の大きな卓が据えられている。深緑色のシェードのついた卓上ランプ。原稿用紙の束。万年筆。緑青《ろくしょう》の浮いた拡大鏡。回転式の革張りの肘掛け椅子。座面には毛玉のついた青いクッションが置かれていた。

他の壁は、向かって右側の壁の一部を除いて、すべて書棚で埋まっている。特注で造られた棚で、ぴったり天井まで高さがあった。その立派な、ガラスの嵌った書棚の本は、今は全体の三分の二ほどしか置かれていない。残りは第四閲覧室の奥に移されていて、申請をすれば誰でも手に取れるようになっている。

本はとても几帳面に、大きさ順に整頓されている。

右側の壁の中央部、書棚と書棚の間には、美術作品が掛けられていた。

「絵」とはいえない。

モザイクアートというのだろうか。アルミの角棒が額縁のように周りを囲っている中に、小さくて色のついた、透明なタイルのようなものがいっぱいに並び、模様をつくっている。かなり厚みがあった。

オランダやドイツの国旗のように、全体は大きく横三列に色が分かれている。上から青、緑、赤色である。しかし、三色はグラデーションで変わっていて、たとえば一番上の行で、青は最も濃いが、下の行にゆくにつれて緑に近づいている。だから、三列の境界は曖昧になっていて、黄色やオレンジに見えるところもあるため、横三列という言い方は、あるいは適切ではないかもしれない。要は虹色になっているのである。

さらに、それぞれのタイルは、左端で一番色が濃く、暗くなっていて、そこから右にゆくにつれて、これもグラデーションで色が淡くなっている。右端では、ほとんど透明なタイルになっていた。

アルミの額縁をよく見ると、上辺と左辺の角棒に、それぞれ数字が振られていた。

上辺の角棒に振られている数字は、左端が0で右端が100だった。それは横に並んだタイルの枚数と一致していた。一〇一枚である。

一方、左辺の角棒に振られているのは、上端が400で下端は800。数字は5ずつ変わっていて、400, 405, 410……と、最後の800まで続いていた。計算すると、縦列には計八一個の数字が並んでいる。これもまたタイルの縦列の枚数と同じだった。

一〇一×八一で、タイルは全部で八一八一枚あるということだから、気の遠くなるような話である。

番号がこのように振られているということは、タイル一枚につき、一対の座標が定められているということでもあった。例えば上端の行の、左端にあるタイル――すなわち最も左上にあるタイルでは、(0, 400) となる。下端の行の、右端のタイル——すなわち最も右下にあるタイルでは、(100, 800) となる。

「何か見つけたかね」

卓の方を見ていた先生が隣に立った。コロンと樟脳《しょうのう》が混ざって香った。

「さっきの——これですが」

僕は手帳に書き写しておいた暗号を見せた。隠し扉の裏側にあったものである。

「左の列の単位はナノメートル。右の列の数字には単位がありません。これらの数字は、一対一対が、この作品のタイル一枚一枚と対応しているのだと思います」

「どういうことかね」

「光という言葉は一般に、ある特定の範囲内の電磁波のことを指します」

「うん?」

「光には粒子性もありますが、今は波の性質についてだけお話しします」

「手短に頼むよ」

「波という現象を考えるときには、区別の仕方が難しいです。あの波とその波は、虎とライオンのように、見るからに別物なわけではない。波という、本質的には同じ現象の中で、あの波とこの波を、どうやって区別するのか。すなわち、どうやってもっと細かく区切りをつけるかということが重要になります」

「お湯と一口に言っても、温度に違いがある、ということかな」

「まさにそのとおりです。お湯は温度によって、そこのお湯とあそこのお湯を区別しますが、波の場合には主に、長さと速さで区別します。波は横から見るとうねうねしています。そのウネウネの最も高い所——これを山と呼ぶとすると——この山から山の間の長さ、これが違えば、別の波だと考えます。長いのと短いのとでは、見た目もかなり違ってきます。こうして、まずは長さによって波を特徴づけることができました。次に速さです。同じ長さをもっている波でも、速さが違えば別の波だと考えます。ほかに周波数やら何やらありますが、今は割愛します」

口が勝手に喋っていた。物理の授業で何度も説明していることだから、口が憶えてしまっている。頭の中では、暗号のどの一対がどのタイルと対応するのかを考えながら、目で追っていた。

「光は、普段僕たちが目にする日常レベルの現象では、まあ波として考えることができます。なので、波の場合と同じように、長さと速さで区別をおこないます。波の長さは——いちいち「波の長さ」というのも大変なので、ここからは「波長」と呼びますが——人間の目が感知できる可視光の領域では、波長が違えば、光の色が違って見えるのです。長い波長なら赤く見えて、短い波長なら青く見えます。人間が感知できる波長の幅は、個人差もありますが大体四〇〇ナノメートルから八〇〇ナノメートルぐらいまでです。四〇〇よりももっと短くなると、色は見えなくなり、紫外線と呼ばれます。一方、八〇〇よりももっと長くなっても色は見えなくなり、こちらは赤外線と呼ばれます」

先生はたぶんもう聞いていなかった。

また僕も、すでに聞かせようと思って喋ってはいなかった。

「八〇〇から四〇〇を引くと四〇〇です。つまり、人間が見ることのできる光は、だいたい四〇〇ナノメートルの範囲でしかないのです」

話はようやくモザイクアートにたどり着く。

「このタイルですが、縦列はまさに波長を示しているのだと思います。上にゆくほど波長が短いから青くなり、下にゆくほど波長が長いから赤くなる。また、横列は明度というのか、鮮やかさというのか、そういうようなものによって分けられています。左にゆくほど濃く暗くなり、右にゆくほど淡く明るくなっています。

話を縦列に戻します。縦列は400から始まって5ずつ増え、最後の800に達します。つまりタイル一枚あたりにつき、五ナノメートルずつ波長が変わっているのです。四〇〇ナノメートルからはじまって、四〇五、四一〇、四一五と増えていき、それに従ってタイルの色も変化してゆきます。そうして最後の八〇〇ナノメートルに至ります。暗号の左の列の605 nmや750 nmといった数値は、これに対応するのです。一方で、暗号の右列の60や34などの値は、タイルの横列に振られた数字と対応するのです」

僕は暗号の最初の一対に対応する、波長455 nm、明度82の位置にあるタイルに触れてみた。

タイルどうしの間にはわずかな隙間があり、すこし力を加えると、タイルは動いた。

タイルは五センチメートルほどの長さの角状を成していた。それが突き刺さるように他のタイルの隙間に入っていたのである。引き抜いてみると反対の端に、活版印刷の活字のように、小さな文字が浮き彫りになっていた。「W」とある。

次のタイルを外すと、「H」。

次は「I」。

続けて、「T」、「E」、「L」、「I」、「G」、「H」、「T」。

そして最後の［500 nm, 77］のタイルを引き抜くと、先が小さな鍵になっていた。

「WHITE LIGHT は、白色光ですね」

「右端の縦列のことかね。色がほとんどないから白くも見える」

「――たぶん、そうではないです。右端のタイルでは、かなり淡くなっていますが、色はまだ残っています。だから――」

額縁の下を覗いてみたが、何もなかった。

見まわすと、本棚の脇に木の踏み台があった。それを引き寄せて、のぼり、額縁の今度は上を覗きこんだ。踏み台はギシッと鈍く鳴った。

「ああ、鍵穴があります」

「よく見つけたな」

「白色を呈する波長は存在しないのです。太陽光が白く見えるのは、あれはいろんな波長の光が混ざっているからです。このタイルでそれを再現しようとすると、上辺か下辺から見て、全てのタイルを疑似的に重ね合わせる、ということになると思ったのです」

鍵穴に、タイルの角柱についた鍵を挿し込んで回すと、バネがはねたような音が小さく鳴った。

作品全体が壁から僅かに浮いた。触れると動く。

左にスライドさせると、壁に四角い穴があった。まるで隠し金庫のようである。内側には、暗褐色の花柄の壁紙が貼られていた。

奥面の壁からは銀色のハンドルがつき出ていた。振り子時計のときと同形状のものである。金属面にはまた、稲妻型の記号が彫られていた。

解読すると、

LEFT THREE

左に三回廻すと、ハンドルは止まった。

鐘の音が背後から肩を叩いた。

余韻が残る具合は、仏壇のお鈴《りん》の音色とどこか似ているように思う。さっきの鐘よりも、音がすこし高いからかもしれない。だが、塔の鐘の音は、鈴のように線香の薫りを連想させはしなかった。

窓を開けても塔は見えないが、反響の具合から、先ほど鳴った銅鐸の、隣の鐘が鳴っていることがなんとなく察せられた。

四角い穴の奥の、左手の壁には、手のひらほどの大きさの鉄板が嵌め込んであった。浮き彫りがなされている。

並んでいるのは全て、十二支に含まれる漢字だった。

寅丑子亥戌酉申未午巳辰申

未亥子丑寅卯酉巳

未子巳／酉卯

戌寅／子午

丑亥未巳／酉卯

右手の壁にも鉄板があった。横長の長方形で、同じく浮き彫りがある。

$$\frac{d}{ds}\left(n\frac{d\boldsymbol{r}}{ds}\right) = \mathrm{grad}\left[n(\boldsymbol{r})\right]$$

「次の暗号だな」

隣で首を伸ばしている先生が呟いた。

三、笑う鼠

藤崎雪葉と初めて会った時のことを僕はよく憶えていない。中学から一緒だった。中学二年生の秋の博物館見学のときにはもう親しく話していた記憶がある。だから、知り合ったのはもっと以前のことになる。

同じ高校を受験して二人とも合格した。他にも数人、同じ中学から来た人たちはいたが、親しく話せる仲だったのは藤崎しかいなかった。また彼女の方でも、事情は同じだったようである。高校から知り合った竹中宗馬《そうま》、高橋美代《みよ》を合わせた四人で、よく喋ったし、遊びにも出かけた。四人は通っていた塾も同じだった。僕が今勤めている塾である。テスト勉強のときにはよく集まって勉強した。

高校二年生から文系と理系が分かれる。僕と藤崎は理系で、竹中と高橋は文系に進んだ。塾の授業も分かれるので、四人で集まる機会は減った。それでも僕たちはよく集まって、K先生の授業にはユーモアが足りないとか、昨日見たテレビドラマは悪くなかったとか、コンビニで新発売されたシュークリームを買いに行こうやとか、そういう、本当に何でもないような会話に興じた。

高校二年の夏休み中のことである。

その日は登校日だったので、放課後、久しぶりに四人で集まった。２組の教室の、窓際の竹中の席の周りに集まって話しこんでいると、藤崎が急に顔を上げて、引き戸の方を見た。反対側の引き戸の近くには数人の生徒がいたが、藤崎の見ている方の戸の辺りには誰もいなかった。藤崎はなんとなく厳しいまなざしでそちらを見つめていたが、一分もするとふっと表情を和らげて、会話に戻った。

こういうことはよくあった。藤崎は会話の途中や歩いているとき、場合によっては授業中でも、時おり、あらぬ方を見つめてぼうっとしていることがあった。僕はそれを彼女の癖なのだと解釈していて、藤崎自身はほとんど意識していないのだろうと考えていた。


こんなこともあった。

塾の帰りには日が暮れていることが多かった。

四人で最寄駅に向かって歩いていると、竹中が腹が減ったのでコンビニに寄りたいと言い出した。駅までの道中にコンビニが一軒ある。そこに立ち寄り、竹中一人が店内に入った。藤崎と高橋と僕の三人は自動ドアの横で待っていた。高橋が所在無げに歩きながら、コンビニの裏手に行きかけたとき、藤崎がその腕を取って、さりげなく引き止めた。

「そういえば明日の日本史、小テストあるんじゃなかったっけ」

話の内容と腕を引く強さがつりあっていなかった。すこし気になった。コンビニの裏に何かあるのだろうか。それほど強く好奇心をかきたてられたわけでもなかったが、手持ち無沙汰ではあったから、なんとなくそちらへ歩きかけると、藤崎は高橋の腕を取ったまま、「池田ちょっと待って」と僕に声をかけた。いくぶん、慌てているようにも聞こえた。

「どうした？」

「さっきの数学の授業でちょっとノート取り損ねたところがあったから、見せてくれない？」

「ああ、いいよ」

彼女の口調はいかにも本当のことのようだった。

後日、そのコンビニの裏手には小さなコインパーキングがあると知ったが、引き止められた理由は判らなかった。怪しい人影でもあったというのなら分かるが、あのときは確かに誰もいない様子だった。

それからしばらくして、こんなこともあった。

塾の近くにある、公園での出来事だった。

授業の合間や、息抜きをしたいときにはよくそこを訪れた。休日には子供の姿も見られるが、平日、特に夕方近くになると、誰もいない公園だった。小さな公園で、遊具はブランコとジャングルジムしかなかったが、ＳＬが置かれていた。機関車と炭水車である。ＳＬは緑色のフェンスが囲っているため、乗ることはできなかった。

木は枝ばかりになっていたから、冬のことだったと思う。たしかテスト期間が近い頃だった。祝日か何かの木曜日で、学校はなく、ただ、昼過ぎから塾でテスト対策の特別授業があった。それが終わってから、そのまま家に帰るのもつまらないから、自習室で半分うたた寝をしながら勉強を続けていた。そんなことだったと思う。

藤崎と竹中と僕の三人は、荷物を置いて公園へ歩いて行った。息抜きのためだった。公園には誰もいなかった。休日で時間も早かったのだが、もう陽が暮れはじめていたからだろう。空はまだ青かったが、ほんのすこし朱色が混ざりはじめていた。SLの影が長く伸びていた。空っぽの機関室の中に傾いた陽が差し込んでいて、レバーやメーターの様子が見てとれた。

僕たちはブランコに座った。

何度塗り直されたのか判らないほど長いあいだ、ここに設置されているものである。今は水色のペンキで塗られている。座面は、たぶん以前は濃い黄色だったものが、褪色してクリーム色に変わっていた。座面を吊るす鎖は、ざらついてこそいないが、錆の色をしていた。

それでもブランコは楽しいものである。

こんなものつまらないと思っていても、漕ぎはじめると、予想の数倍は爽快である。冬だったからただでさえ風は冷たい。ブランコを漕いでいると、風はいっそう冷たく感じられる。風が耳元で音を立てる。それがまた楽しかった。

三人の高校生が並んでブランコを漕いでいる姿は、はたから見るとおかしかっただろう。

高橋が遅れてやって来た。

ブランコは四台あったから、あと一つ空席があったのだが、藤崎は降りて、自分のブランコを譲った。降りた後も、空席に座ろうとはしなかった。

「座らないの？」

高橋がブランコをゆるく漕ぎながら尋ねると、藤崎は「いいんだよ」と笑って首を振った。そして目を、空いているブランコに向けた。座面ではなく、もうすこし上の方を見ているようだった。

「替わるよ」

僕はブランコを降りて、藤崎がぼうっと見ている方の席に座ろうと移動した。すると、藤崎はそれを遮るように「いいからいいから」と言ったが、僕も「いいからいいから」と、空いているブランコに歩み寄って座ろうとすると、藤崎は強引に僕を押し退けて、今まで見つめているだけだったそのブランコに座り込んだ。僕はふいをつかれてつんのめった。竹中が笑った。もちろん腹は立たなかったが、押し退けられたのは意外だった。藤崎の方を見ると、座ったまま、うつむいて目を固く瞑り、顔を顰めていた。

「大丈夫？」

「うん。うん。大丈夫」

「大丈夫そうには見えないけど――」

僕はもとの席に戻った。藤崎はしばらくうつむいていたが、やがて、肺の中の空気をありったけ吐き切るような溜息を、長くついた。それから、今度は深く息を吸いこんで、ほうっと肩を落とした。

「OK、もう大丈夫」

三人が心配そうに自分を見ていることに気がついた藤崎は、言葉を足した。

「ただの立ちくらみだよ」

しかし翌日の金曜日、藤崎は学校を休んだ。発熱したのだと人伝に聞いた。

僕は、なぜだかは分からなかったけれど、悪いことをしてしまったと思った。

藤崎の母が故人であることを知ったのは、たぶんその頃のことである。

○

干支《えと》の暗号はなかなか解けなかった。

第四閲覧室の広い長机に一人で着き、手帳に書き込みながらいろいろ試してみたが、どうにも糸口が見つからない。

一時間ほどは考えていただろうか。

疲れて、窓外の桂の梢を放心して眺めていると、管理人室に戻っていた先生が入って来て、すこし休憩でもしないかと誘ってくれた。

管理人室で先生は、もなかとお茶を出してくれた。さっき飲んでからまだそれほど時間は経っていないのだが、それでも疲れていたからか、お茶は実に美味しかった。

もなかを噛みこむと先生は少しむせて、それをおさめるために茶をごくりと飲んだ。

「暗号の方はどうかね」

「行き詰まっています。干支の方が分からないのです」

「もう一つの、方程式のようなやつは？」

「あれは光線方程式というものです。光の進行方向の特性を表しているのです」

先生は口をへの字に曲げた。手元ではもなかの包装紙を綺麗に四つ折りに折っている。

「もっと分かりやすく説明してくれんかね」

「光の、たとえば粒子性などには着目せず、もっと大きな視点に立って、光の進み方だけを簡単に表している式なのです。先生も講義や何かのとき、レーザーポインターを使うことがあると思います。あれを、水槽に溜めた水の水面に、すこし傾けた状態で向けます。この様子を水槽の真横から眺めると、空気と水の境目で、光線はカクッと折れ曲がって進んでいるように見えます。空気の中と、水の中とでは、光の進む速度が微妙に変わるからです。水中では、光は空気中よりも遅く進むのです。

それで今度は、水の中に、水よりももっと光の進みが遅くなるもの――たとえばガラスのブロックを沈めておくとします。水槽の上から、先ほどと同じようにレーザーポインターの光線を入れると、まず空気と水の境目で光線が曲がります。そうして水中をしばらくまっすぐ進んだ光線は、今度は水とガラスの境目でカクッと曲がって、ガラスの中を進むのです」

「なるほどな。そこまでは解る」

「なぜカクッと曲がるのかといいますと、光の速度がその地点で急に変わるからです。境目が、はっきりしているからです。そこで、もし、境目が曖昧なものを想定しますと――たとえば、同じ空気でも、温度によって光の速度は変わります。地上から見て、高い位置には暖かい空気が溜まり、低い位置には冷たい空気が溜まっている場合を考えてみます。このとき地上から、レーザーのように直進する光線を、斜め上に向けます。そして、その様子を水槽の場合と同じように真横から、離れた位置から見ると、最初は斜め上にまっすぐ進んでいた光線が、上にゆくにつれてだんだんと曲がってくるのが観察できると思います。これがまあ蜃気楼の原理でもあるわけですが、こんなふうに、光線がカクッと曲がるのではなく、だんだんと曲がるという現象が生じるのです」

「難しくなってきたな」

先生はぼやくと、四つ折りにした包装紙をテーブルに置き、代わりに湯呑みを取った。黒くてごつい湯呑みである。

「もう終わります。それで結局、あの光線方程式なるものの意味するところは、光線は、光の速さが異なる層に入ると、その変化の分だけ大きく曲がる、ということなのです」

先生はへの字口のまま、頷いた。両手に持った湯呑みの中を、睨みつけるように見ている。

「なんとなくは、解った。——しかし、方程式自体はそういうことを意味するにしても、あそこにあった意味は判らないね。干支の暗号を解くヒントになる、ということはないのかな」

顔を上げてギロリとこちらを見た。もし似ている有名人を一人だけ挙げるとすれば、それはたぶん小説家の内田百閒《ひゃっけん》だろう。先生は百閒の作品は嫌いではないそうだが、昔から似ていると言われ続けているために、少々嫌気が差しているらしい。だからそんな話になるといつも先生はしかめっ面をして、「ショーン・コネリーだと思うんだけどなあ」とぼやく。

「いろいろ試してみましたけれど、今のところは何も判りません」

「そうか」

先生は湯呑みを両手で支えて、お茶を飲み干した。そして、まなじりをわずかに下げた。

「詳しいものだ。さすがに応用光学専攻の学生だ」

「僕は低級の部類ですよ。勘違いをしている部分だってあるかもしれません」

「いやいや。……桂城翔葉も光学を学んだらしいが、きみが光学を志したのも、それと関係があるのかい」

どうなのだろう。所属する専攻が決まった後になって、そういえば翔葉も、と思い出したのだから、選ぶ段階では意識はしていなかった。だが、好きな作家ではあったから、無意識のうちに意識していた、のかもしれない。

そう説明すると、先生はなるほどと言って、もなかをもうひとつ食べた。


散歩をするのがいい、という先生の提案を受けて、裏庭を歩いてみることにした。


日は傾いているが、春の空はまだ明るい。

芝生のうえを当てもなく歩きまわった。「象」の前に立ち止まってみる。腰丈ほどの白い大理石の土台のうえに、ブロンズ製の象がボールで遊んでいる。全長は三十センチメートルほどで、長い鼻をボールに巻きつけて持ち上げていた。細かい皺までよくできている。しかし、僕は、こうした美術作品を前にしたとき、具体的にどこを鑑賞すればよいのか判らない。ただ、ボールで遊んでいる象なのだなあと思うだけだった。

他にも同じような様式のブロンズ像が五体ほどあった。竹馬に乗っている猿もいれば、平均台のようなもののうえで踊っているウサギもいた。僕には鑑賞眼など微塵もないが、いずれもまあ、愉快そうな像ではあった。

またぶらぶら歩きはじめる。目を落として、芝生の草の間を見ていると、蟻がいたり、薺《なずな》の白い花が咲いていたりした。ナナホシテントウを見かけたような気がしたが、葉の影に隠れたのか、すぐに見失った。

ぐるりと大きく一周し、白亜の東屋の前に着いた。

大きく息を吸ってみる。草と土の香りがした。力が抜ける。

東屋に入って、ベンチに腰かけた。天板が三角形のテーブルの土台は、横幅の広い円柱になっている。だから足は伸ばしにくかったが、それでもまあ、快適ではあった。目を閉じた。

噴水のやわらかい水音と、雀のさえずりが聞こえた。時々鶯の声も聞こえる。

風が吹いた。上の方で、葉の擦れ合う音がしばらく鳴っていた。その音はだんだんと小さくなってゆき、最後には水の音に覆われた。

芝生が見える。

広大な――広大な芝生だった。

芝生の向こうには、明暗の不明瞭な灰色の海が、ずうっと広がっている。

風がないのだと思う。水面は揺動するのみで、白浪ひとつ立っていない。

その様子が、少しだけ不気味だった。

水平線上には、島影も、船影も、鳥の影も、何もなかった。

海の上には、厚い雲が低く漂っていた。
それなのに、手前の草原は陽の光にいっぱいに照らされていた。
海と陸地の境界と、曇りと青空の境界が、一致しているのだろう。

海からは水蒸気が立ち昇っているのだから、それが雲のもとになるのだとすれば、海の上だけに雲が溜まっているのも、別段、不思議なことではない。

芝生のうえを、一頭の牛が駆けていた。
虎がそれを、どこか気怠げに追いかけている。

走る牛の背に、眼の赤いハツカネズミが一匹、悠然と寝ころんでいた。

僕の隣に、先生が立っている。
先生が隣に立っていると、僕はなんとなく安心する。

それはたぶん、ツイードのスーツのせいである。

祖父の着ていたものとよく似ている。
祖父のスーツからは煙草の薫りがした。

しかし、今はオーデコロンの香りがする。
だから、横にいるのは顔を見なくても先生だと判る。

僕たちは映画館にいるのかもしれない。
僕は座席にきちんと座っていた。
肘掛けのドリンクホルダーに、蓋とストローのついた紙コップが収まっている。
中身はジンジャーエールである。

牛たちの追いかけっこは、スクリーンの中の出来事である。
それなのに、草の香りがする。
最新の技術で、人工的に草の香を散布しているのだろう。

聞くところによると、映画のアクションシーンに合わせて席が振動する映画館まであるらしい。だから、草の香りぐらい、簡単なことである。

風まで吹いている。

扇風機があるのだろう。

祖父の家には奥の部屋にしかエアコンがなかった。夏場は、透明な緑色の羽根の扇風機を廻していた。ぶうんと唸る扇風機だった。

祖父は、スイカを食べるときには塩をふって食べた。

僕も真似をしようとしたけれど、いつも適量を越してしまって、しょっぱくなった。だから、そのうちかけなくなった。

扇風機が首をふって、こちらを向いた。頬に風が当たった。

草の匂いがする。

縁側には強い陽の光が差し込んでいるから、暑かった。
風鈴が鳴る。
金魚鉢をひっくり返したような形の、ガラス製の風鈴だった。

夏なのに蝉の声は聞こえない。
代わりに雀が鳴いている。
雀は蝉の一種なのだろう。
だから蝉はちゃんと鳴いているのだ。

庭先に牛がいる。

草を食《は》んでいる。

偉そうなハツカネズミも背から降りて、草を食んでいる。

鼠は雑食だから、草だって食べるのだろう。

追いかけるのを諦めた虎もいた。草に夢中になっている。

がじがじ噛んでいる。


猫もいた。


草を噛もうとしているが、うまく口に入らない様子だ。

じれったそうに眼を細めて、顔を横に傾けて、口を大きく開いて草を狙うが、そのたびに草は猫自身の頬に当たってたわみ、口に入らない。

猫はそれを繰り返している。

四匹は、ちょうど正方形の頂点に立つように、きれいに等間隔に離れていた。

土が濃く香る。
耕したばかりの畑のような空気である。
風鈴がまた鳴った。低く、くぐもった音で、あまりいい音ではなかった。
けれど、心の落ち着く音だった。
祖父が亡くなってからは、どこにいったのか判らなくなっていた。
誰かが見つけてくれたのだ。
祖父が隣に座っている。
夏だというのにツイードのスーツを着ている。
煙草の匂いがした。
とても懐かしい。

鼠が顔を上げて、こちらを向いた。
草のうえを跳ねるように駆けてくる。
寅は草に夢中になっていて、小さな彼には目も向けない。
鼠は、まだ草に苦戦している猫の前を横切る。
のっそりと草を食みつづける牛の前を横切る。
僕は駆けてくる鼠を親しげに見つめていた。
鼠も走りながら、赤い瞳で親しげに僕を見返している。
彼は僕の足元まで来ると、下駄のふちに手をかけて、赤い瞳で、僕の顔を見上げた。
やっとたどり着いたという、満足の表情である。
僕たちは微笑み合った。

おいで、と僕は幼い声で呟いた。

鼠は、僕の浴衣の裾を器用につかみながら、膝の上にのぼってきた。

のぼってくる間も、のぼりきった後も、彼は親しみのこもった笑顔を絶やさなかった。


僕はその親切に、泣きそうになっていた。

目が覚めた。

先生がテーブルの向こう側に座っていた。目を閉じていたが、こちらの起きたのが分かったのか、ぱっちりと瞼を開けた。

「起きたかね」

息を吸って、吐いた。草の香が肺に満ちた。心地よかった。

「はい」

「すっきりしただろう。ここで寝るのは気持ちがいい」

暗号が解けた。

「先生。ついてきてください」

手帳と鞄は第四閲覧室に置きっぱなしにしていた。開いたままになっていた手帳のページは干支で埋まっている。新しいページを開いた。干支を円形に描く。難しいことではなかった。一つ一つの干支について考えるのではなく、線で結べばよかったのである。

「この暗号は、それぞれの干支を線で結ぶだけでいいのです。こんなふうに」

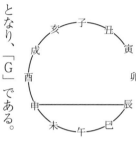

寅丑子亥戌酉申未午巳辰申は、

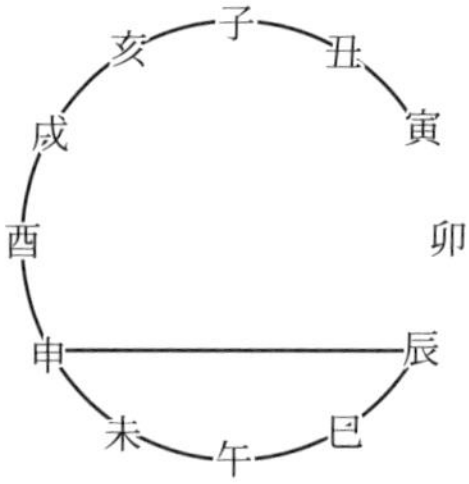

となり、「G」である。

未亥子丑寅卯酉巳は、

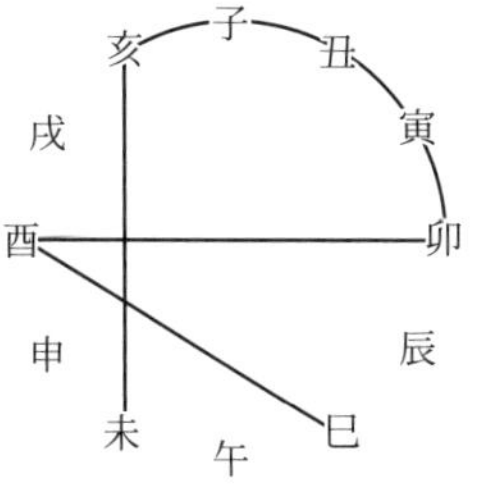

となり、「R」である。

未子巳／酉卯は、

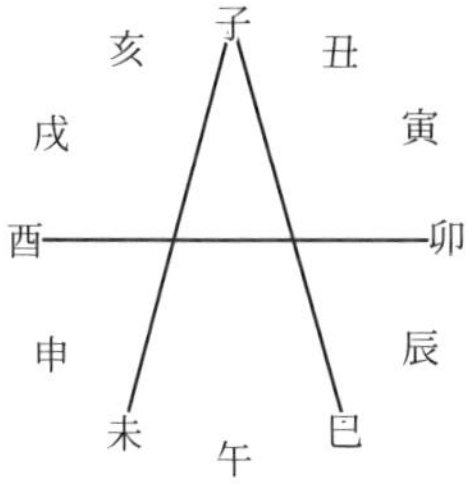

となり、「A」。

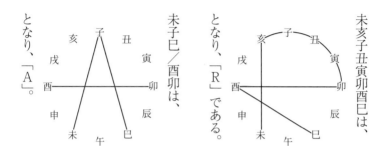

戌寅／子午は、

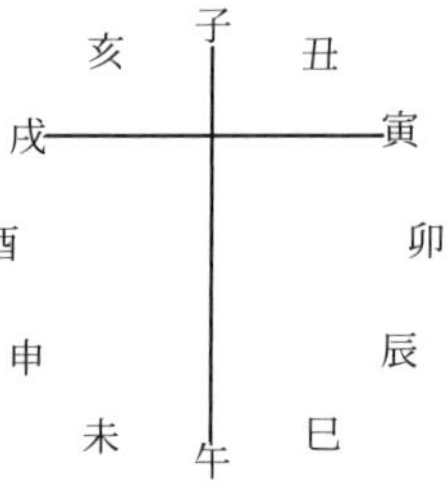

となって、「T」。

丑亥未巳／酉卯は、

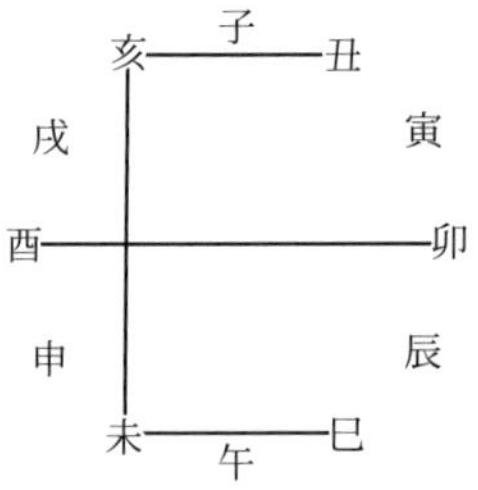

となり、「E」である。

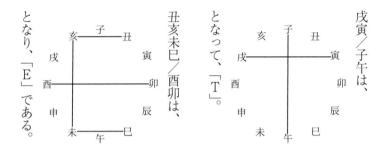

GRATEとは何だろうか。

「暖炉の、火床のことをそう言うんだ」

先生が教えてくれた。

一階の第一閲覧室の隣に、事務室兼来客室がある。本を借りるときにはここのカウンターに本を出して日付の印をもらうのだが、館内で暖炉があるのは、この部屋だけだった。

四、還《かえ》る

石造りの大きな墓の前に、男が一人いる。

男は湿った土のうえに、そのまま脚をつけて、正座をしていた。

男は両腿のうえに、脱力した手を置いている。

暗闇の中、ランタンに右半身だけを照らされて、男はじっと墓石を見上げていた。

男が見上げる墓石には、経文も、名前も、何も刻まれていない。

ただ一つ置かれたランタンのまわりには、小さな蛾が数匹、近づいたり離れたりを繰り返しつつ、飛びまわっている。

辺りには菊の濃い匂いが沈滞していた。

花立には大輪の白い菊が幾本も活けてある。

左の花立の菊は、死者の肌のような色を浮かべていた。

右の花立の菊は、ランタンの光を受けて、生きた人間の肌のような、温かい色に照らされている。その下の石のうえには、真っ白い砂のようなものが散乱していた。

墓石は水を含み、濃い色に変わっていた。

男が水をかけ、拭き清めたからである。

男にはそれが十分前のことだったのか、一時間前のことだったのか、もう判らなかった。

そんなことは、もうどうでもいいことだった。


拭き掃除の手を一度休めたとき、男は供物台《くもつだい》の石をずらし、墓の奥の骨壺にランタンの灯りを向けた。

骨壺は、納めたときと寸分変わらぬ位置に、変わらぬ様子で納まっていた。それは、ふつうの骨壺よりもひとまわり小さなものだった。白い陶器の地に、桜が数輪、淡い色で描かれている。

壺に汚れている様子はなかった。

男は壺に微笑みかけると、ランタンをさらに近づけて、納骨室の内部を点検した。

枯葉や何かが入っていはしまいかと思ったからである。

すると奥の隅に、小さな、黒いものを見つけた。

蜘蛛《くも》の死骸のようであった。

男は妙に不愉快になった。

躊躇したが、両手を伸ばし、男は骨壺を取り出した。

生きているとき、死者は男よりも背が高かった。

その人がこんな小さな壺に納まってしまったことが、男には、虚しいような、儚いような、不思議なような、またどこか理不尽なようにも思われた。

男は骨壺を香炉《こうろ》の横に、赤子のようにそっと置いた。


男は次に、空になった納骨室に右手を差し入れた。

手の感覚だけで蜘蛛を探した。ランタンは入らない。

納骨室には白い小石が敷き詰められていた。

蜘蛛の死骸を指先で挟もうとすると、からからに乾涸びた蜘蛛は、生きているもののようにするりと小石の隙間に潜り込んだ。

男は一度手を引いて、ランタンで死骸の位置をもう一度確認してから、再び手を伸ばした。

同じことを二度ほど繰り返し、男はようやく、蜘蛛の死骸を摘まみ出した。

引っ張り出した蜘蛛は、脚を二本喪っていた。

小石に挟まれてとれたのだろうか。

男は蜘蛛を暗闇の水路に放り落とし、今度は脚を探しはじめた。

しかし、小さな乾涸びた脚を手の感覚だけで探すのは、容易なことではなかった。

何度もランタンを差し向け、小石をかき分け、取り除き、ようやく一本の脚だけが見つかった。

もう一本の脚は、どれだけ探しても、男には見つけられなかった。

どこか別の場所でもげたのだろうと、男は考えることにした。

そう思い込まなければ、男は髪の毛をむしり取りたくなるほど、不愉快だった。

取り出した分の小石を戻し終えると、男はひと息つき、骨壺を見下ろした。

ポロシャツには汗が滲んでいた。

両手を差し出して、壺をそっと持ちあげる。

供物台の石の上まで持ってきたとき、男の脳裏にふと、蜘蛛の脚が骨壺の中に入っているのではないかという疑念が湧いた。

その途端、手が滑り、骨壺は落ち、供物台の角に一度ぶつかったあと花立の下で割れた。

白い煙が立った。

ランタンの光の中で立ち昇ったそれは、煙草の煙を思わせた。

男はその瞬間、誰か自分以外のものが傍で煙草を吸っているのだと錯覚した。

錯覚はすぐに消えた。

もともと音の絶えていた空間で壺が割れたのだから、音はふつうよりも大きく聞こえたはずだった。

だが男にはその音を聞いた記憶がなかった。

男はランタンを取りあげて、花立の下を照らした。

石のうえに、砂のような白い粉末と、壺のかけらが散乱していた。

一部は草のうえにも降りかかっていた。

砂は遺骨である。

死者は散骨を望んでいた。葬式後に男は、そのために骨を砂状にしてもらった。死者が指定した散骨の場である、山にも登った。だが男には、最後の最後に、それを撒くことはどうしてもできなかった。

男はランタンを掲げたまま、その場に立ち尽くした。

男には、その白い砂に手を触れることはできなかった。

それは死者の心そのもののように思われた。人が触れてはいけないもののように思えた。触れて汚してしまうのも恐かった。

男にはその動かない砂が、死者の生々しい臓器のように思えてならなかった。


うぐぅ、と喉の奥が苦しく鳴った。なのに、涙は出てこなかった。

心の中で繰り返し、何度も何度も、男は死者に赦しを乞うていた。

何度繰り返しても、死者からの返答はなかった。

もし、自分の想像で死者を脳裏に創りあげて、その死者に「赦します」と言わせることができたなら、たぶん楽になれるのだろうと男は思った。それはずっと以前から、死者がまだ生者だった頃から、折にふれて考えていたことだった。

視えさえすれば。

視えさえすれば楽になれるのに。

たとえそれが幻覚であると自身で解っているのだとしても、視えさえすれば、それが幻想であろうと、妄想であろうと、他の何ものであろうと、そんなことはもうどうでもよくなって、その目に視えるものを、きっと信じることができるのに。きっと、自分の中から、忌々しい現実主義を引き剝がすことができるのに。

しかし思い描くだけで、男には何も視えなかったし、何も聞こえない。

自責の念は確かに真実のものだった。

が、男は、心の奥底の、どの辺りかも判らない隅の方では、自分でも不思議に思われるほどに、落ち着いてもいた。

それは、起こってしまった事柄に対しては冷静に対応しなければならないという、現実的な思考から現れた自制ではなかった。

それは壺が割れたことによって直接に生じた、限りなく安堵に近い感情であった。

何か、固く引き結ばれていたものが急にほどけたような、ほとんど、くつろぎにも似た落ち着きだった。

ああ。還って行ったんだ。

壺の割れた瞬間、男は激しい自責とともに、もしかすると、そんなふうに思ったのかもしれなかった。

男はランタンを置くと、供物台をもとの位置に戻した。

墓の前の、土に膝をついて、正座をした。

両手を腿のうえに置き、男は散乱した骨に向かって、深く、いつまでも、頭を下げた。

＊＊＊

ブランコの一件は木曜日のことだった。藤崎が休んだのは金曜日で、土日が空いて月曜日の朝、教室で彼女の姿を見たときには正直なところほっとした。顔色も戻っていたし、体調も万全といった様子で、快活だった。充分な休息が摂れたから、風前の灯火だったテスト勉強のやる気が復活したと笑っていた。

その日、塾の授業後に二人になる機会があった。講師を含めて、他の人たちはすでに教室を去っていた。ブランコの一件を尋ねると、藤崎はすこし躊躇している様子だったが、吹っ切るように、まあいいか、と呟いた。

「冗談を言うわけじゃないから、笑わないでね」

と断った上で、彼女は続けてこう語った。

「人の周りの空気の色とか、後ろについてるものとかが視えるんだよ。視ようと思えばだけど」

嘘のようにも、担ごうとしているようにも、まして自慢には聞こえなかった。

「オーラ、とかいうもの？」

「正式な名称なんて知らないよ。普段は視ないようにしている。疲れるし、気持ちのいいものでもないから。だけど、時々視たくなくても視えることがあってね。この前は、あのブランコにそれが視えたから、座りたくなかったんだよ」

「でも――」

そこで判った。藤崎は、その「何か」が座っていたブランコに、自分でも座りたくなかったが、人にも座ってほしくなかったのだろう。

「そうか。それで押し退けて」

「視えない人でも、その上に被《かぶ》さると、気持ち悪くなったり、体調崩したりするからね」

「――すまなかった」

この場合むしろ、ありがとう、というべきだったのかもしれない。後になってからそう思った。

だが、僕にはあの時、「何か」がそこにいることは知りようがなかった。視えなかったのだ。また、残念ながら僕には、藤崎に視えるものが実在しているのかどうか、判断することもできなかった。それは今もできないでいる。だからやはり、僕に言うことができるのは、藤崎にとって嫌な事をさせてすまなかった、というより他には、なかったのかもしれない。

「いいんだよ。知らなかったんだから」

時おり、ぼうっとひとところを見つめて黙る時があるのは、そういったモノが視えているからなのだと藤崎は語った。

「人が視えるのかい」

藤崎は「そんなところだね」と、歯切れ悪く頷いた。

「影みたいに薄暗く視えることもあるし、普通の人と変わらないように視えることもある」

「それは、昔からのことなの?」

「憶えてないけど、幼稚園のときにはもう視えてた」

「ふうん……」

幽霊だとか、オーラだとか、そういったものについて、僕はこの時まで真面目に考えたことはなかった。小さい頃には確かに、怖いと思っていた。しかし視えたことも、感じたこともなく、長じるにしたがって、怖いとも思わなくなっていた。忘れていった、という方が適切かもしれない。

だが。

中学三年生のとき、祖父が亡くなった。

見守ってくれていると今でも思っている。

それならば、僕は霊を信じているのかもしれなかった。

「理系のくせに馬鹿馬鹿しいことは分かってるけどね。ただの幻覚なのかもしれない。だけどどうもね、幻覚だと言い切りたくない気持ちもあってね」

藤崎は微笑んだ。自嘲も混ざっていたかもしれない。手の甲で、片目をかるくこすった。

「池田は、そういうものは存在してると思う?」

と聞かれた。

どう考えたらよいのかも、どう答えたらよいのかも分からなかったが、口を開いた。

「霊とか、そういったモノの存在を信じる信じないは、文理には関係ないだろう。科学は、多くの人たちが、ほとんど同じように目に見ることができたり、触ったりできるものしか扱わない——また、扱えないわけだから、科学的に扱える物事の範囲には限りがある。だから——つまり、科学を学ぶのと、そうした存在を信じることは、矛盾する行為じゃないだろうと、思うけどね」

結局僕は、自分がどう考えているかという問いには答えていなかった。言ってからそう気づいたが、簡単に結論の出せるものでもない。出したいとも思わない。もっといえば、誰かに、どちらかの結論を証明してほしいとも思わない。

僕は、霊が実在するかどうかはこの際関係ないのだと思った。

藤崎には、実際に視えるのである。視えているのは実在のものかもしれないし、幻覚の類なのかもしれない。しかしそれは、考えてみれば、外にいる者に判断のできることではなく、また彼女自身も、幻覚かどうかということに結論を出さないようにしているようである。ならば、ここで僕が、無闇にその存在を徹底的に否定するような発言をするのは、礼儀に反することなのではないだろうか。そう判断した。もちろん最初からそんなことを言うつもりは毛頭なかったのではあるが。

「その話は、藤崎としては、あまり話題にしたくない類の話なのかい」

「どちらかというとね」

「じゃあ、もう聞かない」

「恩に着るよ」

腕時計を見ると電車の時間にはまだ余裕があった。が、次の授業でこの教室を使う後輩たちが入って来たので、僕たちは荷物を抱えて、教室を出た。

○

一階の第一閲覧室の右隣の部屋——来客室を兼ねた事務室の鍵を先生が開けた。木の扉を押し開くと、広くて近代的な空間に様変わりする。壁の模様と暖炉がなければ、銀行か、大きな病院にでも来たような印象である。閲覧室やホールと違って、照明が蛍光灯だからかもしれない。

白いカウンターの向かい側の壁に、煉瓦で組まれた暖炉がある。しかし館内にはエアコンが完備されており、火のついているところを見たことはない。改めてきちんと観たことはなかったが、なかなか大きい。マントルピースは胸丈ほどで、中央に丸い置き時計が載っている。くすんだ金色で、非常に装飾的な時計だった。手巻き式で、今は止まっている。その上の壁には絵が掛かっている。額縁はあるが、ガラスは張られていなかった。何百年も昔の、ヨーロッパあたりのどこかの国の、農家の風景らしい。

暖炉はまったく使われていないため、やや埃っぽかったが、内部は綺麗なものだった。奥行きのある暖炉だった。壁は煉瓦である。底部に敷かれている煉瓦だけ、色が白っぽい。文字か何か彫り込まれていないかと、ペンライトで照らして見まわしてみたが、何もなかった。

先生がカウンターの後ろから大きな懐中電灯を持ってきて、渡してくれた。

「まあ、すぐに返せば怒られんだろう」

内部をさらに細かく調べていくと、床部の左奥の煉瓦がふたつ、ゴトゴトと動く。持ち上げると引き抜けた。煉瓦を外した跡を照らすと、頑丈で、表面のざらざらした黒い鉄板が敷かれていた。記号が浮き彫りにされている。触れるとひんやりと冷たい。埃が舞って、咳が出た。

はほ たふと	a1
そさかくす すえこ	a2
つたかくつ しえ	b2
えけきしせ	b3
なあつさくな	b4
ＬＯＪＨＩＵ	c4
まのぬすさま	c5
とたなぬつ	d6
なふとすふたな	e6
ゆむもほふ	f7
めみにねめ ふた	g7
まはふゆやむ	g8
よや ほゆは	h8

僕が暗号を手帳に写して暖炉から頭を出すと、先生も、せっかくだから、と言って膝をつき、内部を覗いた。懐中電灯で照らしながらしばらくまじまじと見ている様子だったが、そろそろと暖炉から頭を抜き、立ちあがった。咳きこんでいる。

落ち着いてから先生は言った。

「右側は、チェスの盤面の、特定の位置を示している」

「チェスですか」

ふと思い出したことがあって、窓の方を見た。夕暮れが近い。

両開きの窓の前に、天板が正方形のテーブルが置かれている。天板のうえには格子が切ってあり、黒と白に塗り分けられている。テーブル自体がチェス盤になっているのである。木製の華奢な椅子が、テーブルを挟むように向かい合って二脚。

近づいてみる。引き出しの中に駒があるはずだった。使ったことはなかった。そもそもチェスのルールを知らない。椅子が置いてある側の机の両辺には、それぞれ薄い引き出しがあって、片方を開けてみると、白い駒がひと揃い、バラバラと乱雑に入っていた。それぞれの駒にはガラスの土台がついている。平べったい円柱状のガラスの土台のうえに、たぶん石でできた馬や王や歩兵がのっていた。

引き出しを閉めて机上をよく見ると、格子の左辺には数字が縦に並び、下辺には小文字のアルファベットが横一列に並んでいた。暗号と関係しているのは間違いなさそうだった。

テーブルは大きなボルトで床に固定されている。

「今日は、授業はないのかね」

背後で先生が唐突に聞いた。

「今日は僕は休みです。——ああ、先生は何か用事があるのですか?」

「夜に、ちょっと野暮用があるんだがね」

「ではこの暗号は、持ち帰って考えます」

「そうしてくれるかい」

「月曜日からは開館するんですよね」

「そうだなあ。人がいると具合が悪いな」

「次の休館日は、土曜日、ですか」

先生は思い出したことがあるらしく、頷きかけた首を、軌道修正して横に振った。

「そういえば、水曜日からは、今週は全部休館なんだ。水道管の確認をするとかなんとかいう話だった。二階のトイレの——洗面台のパイプだったか、そこが水漏れをしているんだ。ついでに他のところも診てもらうんだろう。職員は誰か来るかもしれないが、利用者は来られない」

「ああ、そうでしたか。それなら——水曜日に来ます。授業もないので」

「私は、正午頃にはいる。館は、朝から開いていると思うが」

「分かりました。では、午後の早い時間に来ます」

話は決まった。残りの暗号に名残惜しさは特になかった。持ち帰れるし、また、空腹を感じはじめてもいた。先ほどのもなかは小さかったから、それがむしろ空腹を誘発したのかもしれない。


図書館を出ると、もう陽は沈みかけていた。

桂の樹々に縁取りをされた空はすっかり夕焼けだった。影になった鴉《からす》が一羽、横切っていった。

——同じような景色を見たことがある。

あれは修学旅行のときだった。高校二年の終わり頃のことである。

行き先はオーストラリアの東端の町だった。

同じように樹々に囲まれた場所で、同じように夕暮れで、同じように鳥の影が飛んでいた。ただ、樹々は桂ではなく、飛んでいたのはたぶんかもめで、波音が聞こえていた。海辺の町だった。

自由行動の時間で、僕は藤崎、竹中、高橋の三人と行動していた。自由行動といっても、まだ滞在期間の中日だったから、土産品を選ぶには早過ぎた。だから特に目的もなしに、町を見て歩いた。目が沁みるほど空が青かった。特にその日は雲もなく、快晴で、だだっ広い青色が空を覆っていた。至るところに背の高い椰子《やし》の木があった。交差点には信号機がなく、ロータリーになっていた。道がドーナツ状になっていて、真ん中に小島があり、島には木が植わっていた。車はそこに来ると、ドーナツ状の道に入り、島の周囲を回って、任意の道に出るのだった。

南半球は夏だったから、暑かった。だが湿度が低く、日本の夏ほど気怠くはなかった。


そのうち日が暮れてきて、自由時間も残り少なくなってきた。だいぶん歩いてきたので、早めに帰りはじめなければならない。僕はもう疲れていた。

竹中は図体は大きいが、動作がきびきびとしていて歩くのも速かった。高橋も陸上部で鍛えられているから、速い。自然、藤崎と僕がとり残されることになった。

海岸沿いの並木道を歩いているときだった。

もう夕暮れだった。空に薄い雲が浮かび、それが朱色に光っていた。椰子の幹の隙間からは砂浜が見えて、その向こうは海である。砂浜にはまだ人の姿があったが、ぼうと暗く霞んで見えた。青紫色に陰った海は凪いでいた。ヨットの影が遠くを滑っている。かもめが何羽も飛んでいた。

急に涼しい風が吹いた。

「実にいいところだね」

僕は呟いた。事細かにどこがよいのかを説明する気にはなれなかった。藤崎の顔はよく見えなくなっていた。もう夜になる。

いけない。

いけないいいけないいいけない。

あの時のことを、思い出してはいけない。

五、座標

一　原っぱとアキム・F氏

私は外国語で文章を書くことに慣れていない。だから、読み進めてゆく中で、文法的に間違っている箇所や、読みにくい部分、あるいはニュアンスが伝わりにくい文章が目についてしまう可能性はかなり高い。が、もしそれらを大目に見てくれる親切で物好きな方がいるのであれば、どうぞお読みください。

アキム・F氏は僕の親友です。今年で十三歳になるから、あるいは子供だなんていうと本人は釈然としない表情をするかもしれません。そして僕もいつかはアキム君が大人になったことを認めなければならなくなるでしょう。けれども今のところ、アキム君はまだ子供です。

僕はこの随筆の中で、氏について紹介したいと思います。

さて、どこから始めればいいだろう。

僕は今まで、アキム君を連れて色々な場所を訪れました。遊園地、海、公園、水族館、動物園、温泉、図書館、本屋、お城。一緒に海外に行ったことはまだありませんが、国内ならば、本当に様々な場所を訪れました。それぞれの場所において、アキム君と僕がどんなふうに歩いて、どんな会話を愉しんだのか、僕は詳細な日記をとることを習慣にしていますから、ここにそれを書き写すこともできます。けれども、紙面は限られていますし、それらの記録は僕と氏の宝物ですから、簡単にお見せするわけにはいきません。詳細な記録よりも、むしろここでは、アキム君の好むものや、こだわりを紹介しようと考えています。

まず、アキム君は花畑よりも、海よりも、グラウンドよりも、どうやら原っぱが好きなようです。眺めるだけなら海もそれなりに好きなようですが、遊ぶことも含めるなら、断然原っぱです。なのですが、好きな色は緑よりもむしろ青や紫色です。正直なことを打ち明けるならば、この辺りの事情は、今でも僕には判りません。

氏は、泳ぐのが好きではありません。五歳の時、浮き輪がひっくり返って逆さまに溺れかかったことがあるので、それが理由なのかもしれません。僕はその場に居合わせて、浅瀬で逆さまになって足をばたばたさせていた氏を元に戻してあげました。あの時ほど水が鬱陶しく思われたことはありませんでした。憎らしいとさえ思いました。もっと速く走ろうとすればするほど、脚が重たくなるのです。そうして、僕の親友を自分たちの世界に引きずり込むための時間稼ぎをするのです。あの時以来、僕は海が少しだけ苦手になりました。友達になりたいのなら、相手の腕を無理やり引っ張るのではなく、双方同じくらいの力で握手をしなければならないはずです。夏の砂浜が熱いのも嫌いです。尤も、アキム君は砂遊びは好きだから、僕のこの意見には反対するかもしれません。

原っぱでのアキム君の愉しみは、走ることよりもむしろ歩くことです。アキム君は原っぱを歩きまわりながら、一本だけ丈の高い草を見つけたり、てんとう虫を指にのせたり、木のウロを覗き込んで毛虫と目が合ったり、予期せぬ位置にあったぬかるみに足を突っ込んだりします。僕の手のひらに収まってしまうくらいの小さな双眼鏡を、あっちこっちに向けて、鳥を見つけるのも得意でした。氏はけっこう失敗もしましたし、場合によっては泣いてしまうほど驚くこともありましたが、いつだってとても勇敢でした。

海での事があるので、僕は氏の行動をまったく安心して眺めていることはできませんでしたけれど、氏はどんなに恐ろしい発見をしても、めげずに歩きまわります。僕は親友になれて本当に光栄だと思いましたし、いつでも胸を張って、泰然自若、自信満々の様子のアキム君と手を繋いで歩いていると、なんだか僕自身もほんの少し強くなれたようにさえ思われるのでした。海がむりやり氏の友達になりたがった気持ちも、ほんの少しだけ理解できるように思われました。

僕は果敢に歩きまわる氏をいつも心から感心して見つめていたのですが、ただ、氏がある日、虫メガネを引っ張りだして、蜂の死骸を焼こうとしているのを見つけた時には、僭越ながら止めました。時には多少の節度も必要ですからね。


それからアキム君は四角いものが好きです。今よりもずっと幼い頃は、積み木遊びが好きでした。氏は円柱形や三角柱の積み木よりも、直方体や立方体の積み木を愛用していました。四角形の場合には、どの面を下にしても上が平らになります。だから積み木をどんどん重ねられるというところが、どうやら非常に好ましく思われたようです。積み木に限らず、クッションやカーペットも四角いものの方が好きでしたし、お気に入りの毛布には青い四角形の模様が描かれていました。この毛布は複数回の修繕を経験しながら、そのたびに氏の寝床に還ってきていたのですけれど、今ではクッションカバーに生まれ変わって、リビングのソファーの片隅に新しい居場所を見つけています。

ところで、僕は時々、氏を見習ってささやかな冒険を試みることがあります。アキム君と知り合う前の僕だったら絶対にしないようなことを、今の僕はできるようになったのです。

どら焼きというのは、甘く煮た豆を二枚の小型パンケーキで挟んだ、日本の丸いお菓子です。

ある日、僕はそのどら焼きの縁を包丁で切って四角くしてみました。その上にホイップクリームと苺のジャムをのせて、素敵なケーキのようにして、おやつの時間にアキム君と一緒に食べたのですが、氏はとても喜んでくれました。尤もそれは、四角形が嬉しかったのではなくて、普段切らないものを切ったというところに面白みを感じたのかもしれません。

四角へのこだわりは、氏が小学校に上がったくらいから段々と薄らいでいった様子でした。

でも、この話には続きがあります。

今年の春、中学校に入学した氏に、僕は腕時計をプレゼントしたくなりました。一緒に時計店を訪れて、この棚から好きなものを選びなさいと、大人びたことを云ってみました。すると氏が選んだのは、文字盤の四角くて、針は鮮やかな青色の時計だったのです。案外、四角へのこだわりは、海底の砂のように、じいっと残っているのかもしれません。

僕は時々こんな空想を愉しむことがあります。

もしも真四角の平べったい原っぱの無人島なんてものがあったなら、きっとアキム君は喜んでそこに移住することでしょう。そうなると親友である僕も引っ越さなければなりません。親友と会えなくなるのはいやですからね。

でも、氏は探求心のかたまりで、かつ勇敢な冒険家なので、きっといずれ四角い無人島を発見してしまうでしょう。僕は今のうちから引っ越しの支度を始めておいた方がよさそうです。

「この暗号は、基本原理としては干支の暗号と同じものです。円形の干支を線でつなげてアルファベットをつくったように、今回は五十音のひらがなの列の中からアルファベットの形を取り出すのです。しかし、もうひと捻りあります。それは、右側のチェスの座標指定にしたがって、ひらがなの列を入れ換えなければならないということです」

***

水曜日。

事務室でのことである。

僕はチェス盤附きテーブルの華奢な椅子に腰かけて、ノートを開いていた。ノートは月曜日、アルバイト終わりの帰りがけに、スーパーで買ったものだった。八十ページある分厚いもので、まだ三分の二は残っている。書き出さないと、僕は考えをうまくまとめることができない。書き出さずに頭の中だけで思考を整理するのは、たぶん、少し苦手である。

先生は向かい側の椅子に座り、僕が手帳に写しとった暗号を睨むように見ていた。

「五十音の一覧表を考えます。「あ」から「ん」までの各列に1から11までの数字を振るとします。同じように、aからkまでの小文字のアルファベットを、各列に振ります。しかし、暗号では右列の座標指定の数字は1から8までしかありません。同様にアルファベットもaからhまでしか含まれていないので、今回の解読で使うのは、ひらがなの列では、あ行からや行までに限定されるのです」

a	あいうえお	1
b	かきくけこ	2
c	さしすせそ	3
d	たちつてと	4
e	なにぬねの	5
f	はひふへほ	6
g	まみむめも	7
h	や　ゆ　よ	8

「暗号中の座標指定で、数字とアルファベットが同じ列を指している場合は簡単です。たとえば最初の座標指定はa1ですが、ａと1はどちらも同じあ行を指しています。だからこの場合、列を入れ換える必要はなく、もとのままのひらがな表を使います。そうすると、このようにアルファベットの形が出てきます」

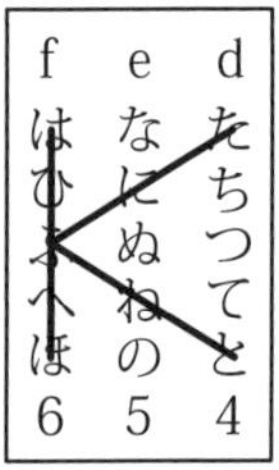

「しかし、座標指定において、a2やb4などのように、アルファベットと数字が同じひらがなの列を指していない場合があります。このときには、たとえばa2の場合には、ａで指定されるあ行と、2で指定されるか行を入れ換える必要があるのです。入れ換える前のひらがな表を使って文字をつなげても、何のことやら分かりませんが、入れ換えた後の表を使って文字をつなげれば、このようにアルファベットが出てくるのです」

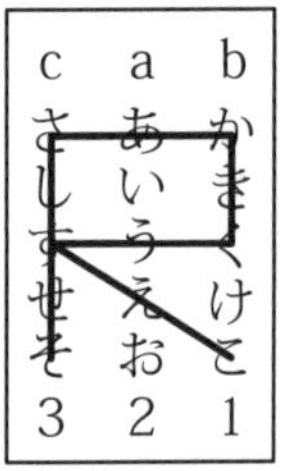

「あとは同じ理屈で解いていけばよいのです」

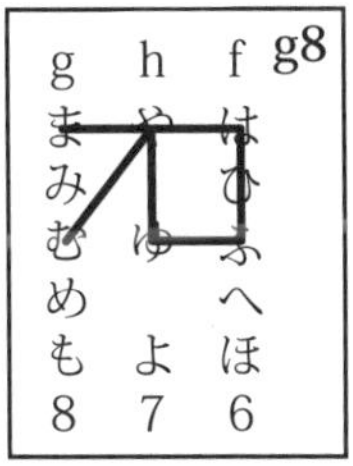
g8
g h f
8 7 6

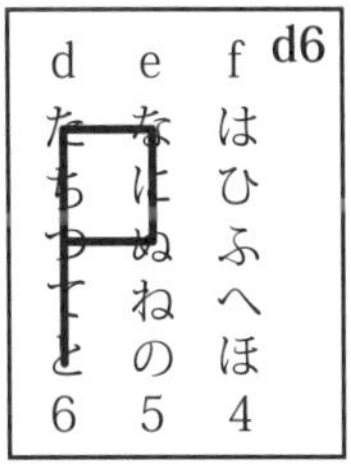
d6
d e f
6 5 4

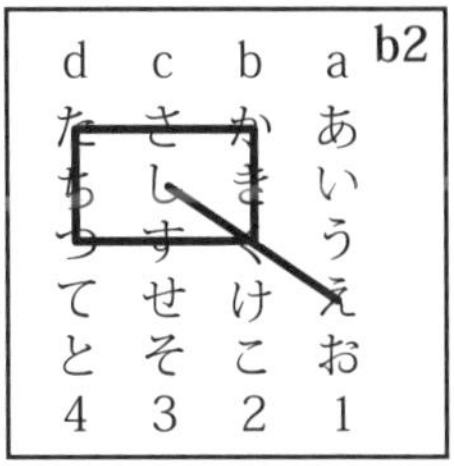
b2
d c b a
4 3 2 1

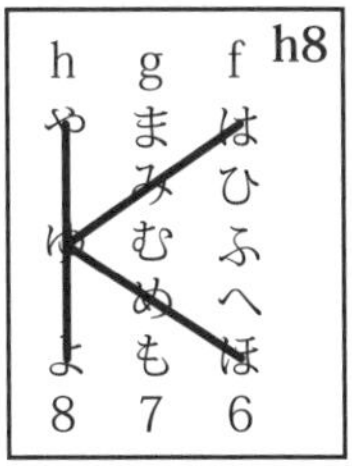
h8
h g f
8 7 6

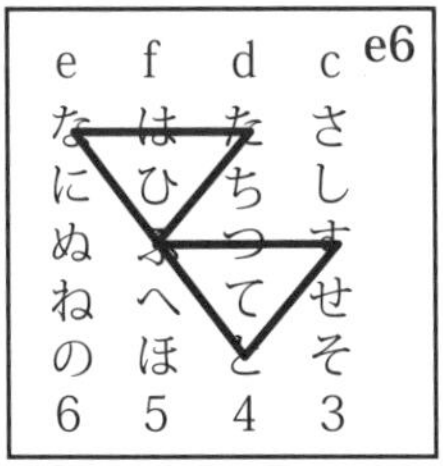
e6
e f d c
6 5 4 3

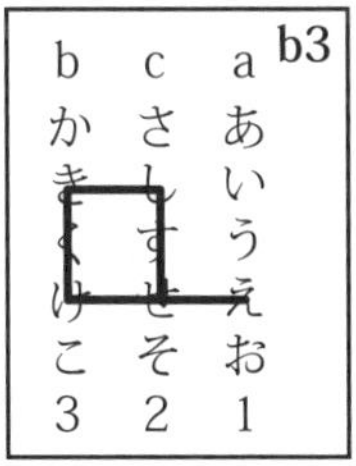
b3
b c a
3 2 1

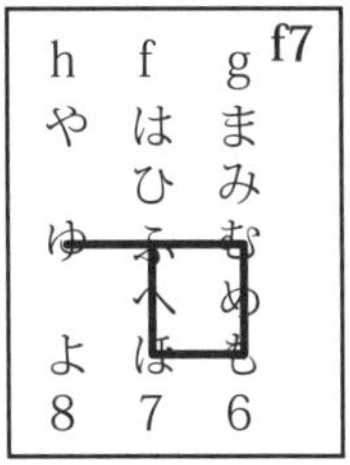
f7
h f g
8 7 6

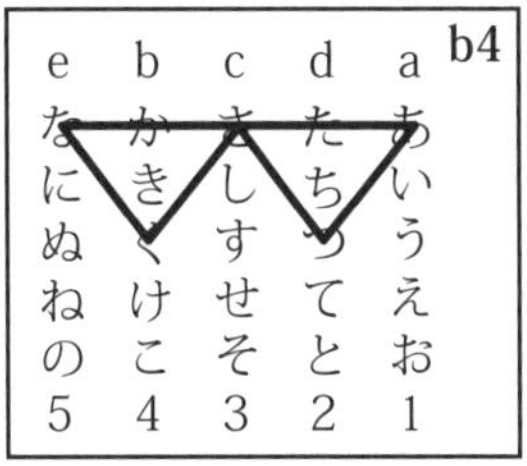
b4
e b c d a
5 4 3 2 1

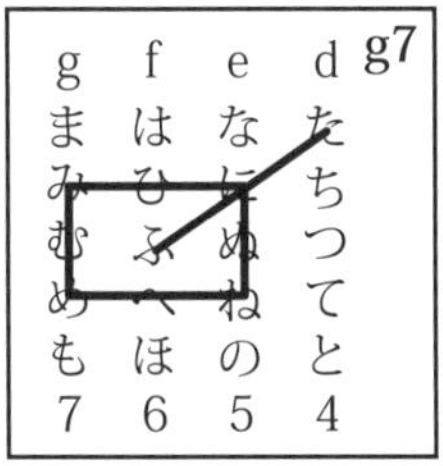
g7
g f e d
7 6 5 4

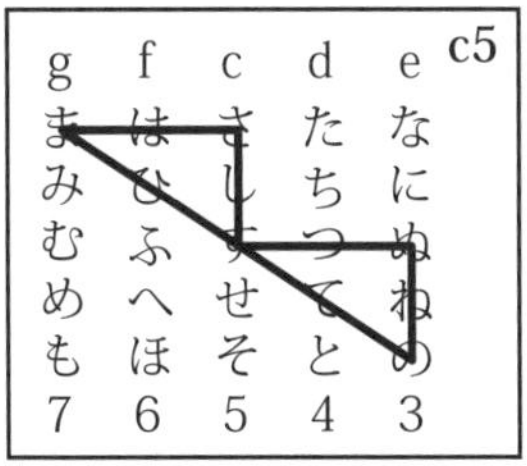
c5
g f c d e
7 6 5 4 3

「c4については違う法則が適応されます。すなわち、ひらがな表で考えるのではなく、3番目のアルファベットであるcを、4番目にずらす、と考えるのです。簡単にいえば、アルファベットを一文字ずつずらして考えるということです。このLOJHIUというのは、ずらされた後のアルファベットで書かれたものですから、これを読み解くには、それぞれのアルファベットを一つ前の文字に置き換えればよいのです。そうすると、knightとなります」

僕は、解き終えた暗号をまとめて記したページを開いた。用意してあるものを順を追って示すのは、テレビの料理番組のようである。ノートからはボールペンの油性インクの匂いが立った。

K	a1
R	a2
Q	b2
P	b3
B	b4
Kt	c4
B	c5
P	d6
B	e6
P	f7
Q	g7
R	g8
K	h8

「先生はご存知だと思いますが、Kはキング、Rはルーク、Qはクイーン、Pはポーン、Bはビショップ、knightはそのままナイトを示しています。なので、この暗号全体としては、右側が駒を置く位置を示し、左側はその位置に何の駒を置くのかを指定しているのです」

机の引き出しを開けて、必要な駒をすべて取り出し、盤上に山にして置いた。黒い駒にも白い駒と同じように、駒のそれぞれに平たい円柱状のガラスの土台がついている。駒の種類さえ正しければ、黒か白かは関係ないはずである。

指定された駒を、指定された位置に、ひとつずつ置いた。盤上の桝目のひとつひとつには丸い窪みが浅く切ってあった。それがガラスの土台の直径と合っているため、駒は一度置いたらずれなかった。

置き終えた。あとは光線方程式である。

「先生、レーザーポインターを貸してください」

この部屋に来る前に、先生の部屋で探してもらったものだった。

僕はポインターを受け取ると、試しに壁に向けてスイッチを入れた。緑色の強い光線が出る。これなら大丈夫だろう。

カーテンを閉めた。

「どこに飛ぶか分かりませんから、すこし離れていてください」

先生は立ちあがり、カウンターの前に移動した。僕も席を立つ。

a1の座標に置いたキングの、土台のガラス部分にレーザー光を慎重に当てた。

盤上に、駒をひとつひとつ繋げるような形で、大きく曲がった緑色の線ができた。

入射した光線は駒のガラスの土台を通り、入っては出て次の駒へ、入っては出て次の駒へを繰り返し、だんだんと曲がっていき、最後にh8に置いたキングから出て、暖炉の方へ向かっている。薄暗く、また、カーテンを動かして埃が舞っているからか、空中に光線の筋が淡く見えた。暖炉の上に掛けられた絵の一箇所が、緑色に強く光っている。

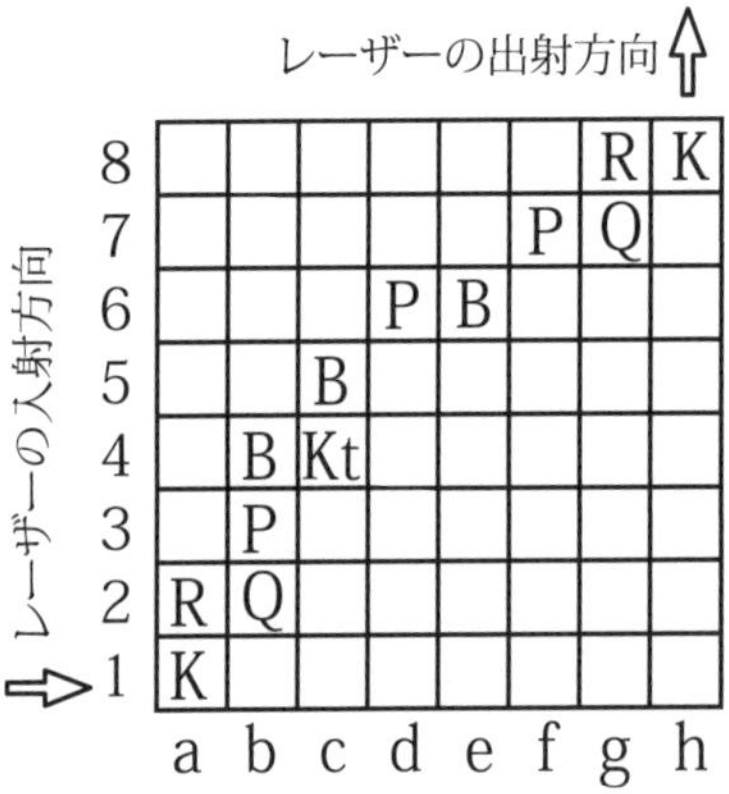

「先生。どこに当たっているか確認してもらっていいですか」

「よしきた」

先生は暖炉に近寄った。僕は光線がブレないようにポインターを両手で持ち、手首を机の端に当てて固定していた。が、そのうち、ひとつめの駒の土台でさえあれば、光線を入れる角度や位置は、変えても問題のないことに気がついた。光線の入射位置を変えても、最後に出てきた光線は、少しもぶれずに絵のうえの同じ一点を指し続けたままである。

絵の前に立った先生は、両手を腰に当て、やや前かがみになり、首を伸ばして目を細めた。そして「井戸に当たっている」と言った。

「ありがとうございます」

僕はポインターのスイッチを切った。カーテンを開くと、また埃が舞った。


絵は写実的なものである。

重そうな金の額縁はついているが、そこにガラスは嵌まっていない。レーザーが当たったときに反射してしまうからだろう。

ヨーロッパかどこかの農家の風景。夕暮れ時である。

空の色調がとてもリアルに描き込まれていた。雲などは本当に流れていきそうに思われた。

麦畑だろう。穂先は夕陽に照らされて輝き、金色のようにも橙色のようにも見える。人はいない。画面の左手前に壊れかけた納屋がある。ペンキの塗られていない木の柵がその周囲を囲んでいて、柵の内側は枯れた雑草だらけだった。その中に幹の太い林檎の樹が一本立っている。井戸はその木陰にあった。屋根も滑車も、バケツもなかった。枯れ井戸なのかもしれない。井戸枠は灰色のブロックで造られていて、よく見るとブロックの隙間から草が伸びていた。

「ガラスに入るだけで、あんなふうに光線が曲がるものかね」

傍らの先生が問うた。レーザーポインターの位置を変えても、光がぶれずに井戸を指し続けていたことが疑問だったのだと思う。

「先日、蜃気楼の発生原理についてお話ししたとき、あれは温度が段々と変わっているから生じるのだと言いました。同じような現象を人工的に起こすこともできるのです。つまり、円柱状のガラスやプラスチックで、例えば、中心軸に近づくに従って屈折率が高くなり、外側にいくにつれて屈折率が下がっていく、というようなものを作ることが――まあ少々手間はかかるのですが、作ることはできるのです。そうすると、ただのガラスの塊だと、ガラスの内部では光線は真っ直ぐに進みますが、内部に屈折率の変化をつくった場合には、その中を通るとき、光線の軌道は曲がるのです。後者の方が、光線の進む道筋を細かく調整しやすいのです」

「屈折率とは何かね」

「あ、失礼。屈折率は――そうですね、その物質中を通るときの光の速さのレベル、とでも言ったらいいでしょうか。真空中の光の速度が基準で、この時の屈折率を一・〇に定めます。物体によって屈折率の値はまちまちなのですが、この値が増えるとその分、その物体中を通るときの光の速度は、真空中と比較して遅くなる、ということなのです。例えば水だと一・三ぐらいですから、真空中と水中とでは、光の進む速度は水中の場合の方が遅いのです。

空気の屈折率は一・〇〇……いくらだっけか、まあ、一・〇から大きくは変わらないので、真空中と空気中の光の速度を比較しても、こちらはあまり変わりません。

ええとそれで、空気と水の境界のように、屈折率がかっきり分かれると、光線もかっきり折れて観察されるのです。一方で、屈折率が段々と変化する場合には、光線はぐにゃりと滑らかに曲がるのです」

「――なんとなしには分かった」

「翔葉さんは光学技術を学んでいたそうですから、ああいうものを作ることができたのでしょう」

振り返ってチェス盤の方を見ると、先生も僕の頭越しにそちらに顔を向けた。

「ところで先生。この図書館の敷地内――あるいは近くに、井戸のようなものはありませんか。形が似ていさえすれば、本物の井戸である必要はないと思うのですが」

先生は顎をさすって「そうだなあ」と呟いた。ややうつむいているので、暖炉を睨みつけているように見える。

「少なくとも、敷地内に現役で使われている井戸はない。あいにく、この図書館は建設時の、設計図というのか、そういったものが全て破棄されている。だから詳しいことは判らないんだ」

「そうなんですか」

建築資料の類が破棄されているとは知らなかった。普通、残しておくものなのではないだろうか。特にこうした大きな建築物の場合には。

「誰が破棄したのですか」

「設計者本人なんだ。桂城翔葉だ」

「なぜ捨てたのでしょう」

「さあ。本人じゃないと分からないね。日記には焼き捨てたと書かれていた。亡くなる前年だ」

「建設した会社の方には残っていないのですか」

「それがね。何をどうやったのか知らんが、翔葉はオランダの建設会社から大工を招聘《しょうへい》して、これを造らせたんだ。木材を除いて、石材などはみな彼方《あちら》のものらしい」

先生はムホンと咳払いをした。

「実のところな。その会社がオランダのどこにある何という会社なのか、そうしたことも今では分からなくなっているんだ。どうも会社の方にも誓約書か何か書かせて、秘密にさせているようだ。翔葉はほとんど秘密裏に、この建物を建設させたんだよ」

今時、そんなことが可能なのだろうか。パンフレットによると、この図書館は、工事が開始されたのは二〇〇四年で、その後数年ごとに何度か増築を繰り返して、最終的な落成をみたのは二〇一五年の秋である。たった、八年前である。

「金にものをいわせたんだな」

先生はあっさりそう言った。

それまで倹約家で通っていた翔葉が、人が変わったかのように、湯水のごとく金を至るところに撒き散らし、この図書館は造られたのだという。


二〇一五年といえば、僕は高校一年生だった。

藤崎は父親が海外勤めであるから、祖父母の家に暮らしていた。中学に入るまでは叔母も同居していたそうだが、その人は結婚を機に高知県へ引っ越したため、以降は三人で住んでいた。

しかし藤崎は、小説家としての祖父について語ることはなかった。出会ってそれほど経っていない頃にはもう、彼女の祖父が翔葉であることは知っていたが、たとえファンであっても、その話は意図的に避けていた。翔葉の孫だから仲良くなったわけではなかったし、また、彼女からそう思われるのも嫌だった。もっとも、彼女はそういったことは気にしない性格《たち》だったから、神経質にその話題を避けていたのはむしろ、僕の方だったのかもしれない。

祖父としての翔葉の話は時々聞いた。仲は良さそうだった。長期休みにはよく祖父母と国内旅行へ行き、休み明けに会うといつも土産の菓子をくれた。饅頭やもなかが多かった。

藤崎は、翔葉の長女の子供である。

翔葉にはお子さんが二人いた。

一人は藤崎の母の文夏《ふみか》さん。一人は叔母の秋枝《あきえ》さんである。

秋枝さんは、結婚して引っ越すまでは、藤崎にとって母親に近い存在だったようだ。算数の宿題も見てくれた。弁当には花形にくりぬいたニンジンを入れてくれた。着古した服でぞうきんも縫ってくれたそうである。髪の結び方も洋服の選び方も、煮卵の作り方も肩たたきのコツも、すべて秋枝さんから教わったという。

藤崎は秋枝さんのことを本当に大切に思っている。誰でも、藤崎から秋枝さんの話を聞いたことのある人ならば、すぐに気がつくはずだ。秋枝さんの話をするときには、いつも声の調子が柔らかくなる。そしていろいろなエピソードを教えてくれる。洪水のように止め処なく一気に語るのではなく、ひとつひとつの写真を取り出して眺めるように、嬉しそうに静かに語る。

中学一年生のときの参観日に来てくれたそうだが、僕はまだ藤崎と知り合っていなかったはずである。一度も会ったことはないのに、藤崎がよく話題にするので、僕はなぜか秋枝さんについていろいろな話を知っている。町ですれ違ったら気がつくかもしれないほどである。

秋枝さん本人は至って元気溌剌とした方らしいのだが、藤崎がまだ幼い頃には、入院と退院を繰り返していたそうである。だから、ひとつ屋根の下で一緒に暮らしたのは、七年ほどの短い間だったという。

実母である文夏さんは、藤崎がまだ幼い頃――三歳頃だったと聞いた――登山中の事故で、亡くなったそうだ。少なくとも、藤崎はそう聞いていた。葬儀の時のことは、何も憶えていないと言っていた。三歳なら、無理もない。ただ、長じてから、藤崎はぼんやりとした疑問を持つようになった。それは、秋枝さんや祖母や祖父に、事故のときのことを尋ねても、いつまでも、何ひとつ、教えてくれないからだった。

もっとも藤崎は、僕にその話をしてくれた時分には、もう、母が実際にはどのようにして亡くなったのか、知りたいとは思わなくなっていた。自分でそう言っていた。話してくれないのなら、それはきっと聞かせたくないことなのだろう、というのが藤崎の意見だった。

「池田君。一緒に出かけないか」

「どこにですか?」

「青野さつきさんの家に行くんだ。ついてこないかね」

「ああ。行きたいです」

青野さつきは一九三六年生まれだから、今年で八七歳になる小説家である。桂城翔葉とは、大学だか高校だかが同じで、二人はもともと顔見知りだったそうである。翔葉より年下にはなるが、作家としては青野さつきの方が先に世に出ていた。翔葉が作家デビューしてからは、家族ぐるみで親交があったと何かで読んだ。文体も構成も雰囲気もまったく異なるが、不思議と、青野さつきの小説が好きになってから、翔葉小説のファンになる人は多いと聞く。またその逆も多い。僕は後者だった。青野さつきの著作には幻想譚が多い。

「どうして会うことになったのですか」

「この図書館のことについて聞こうと思ったんだ。それで、昨日メールを送って、了承の返事をもらった。暗号に関しても何かご存じかもしれない。場合によっては、青野さんには暗号のことを話しても、大丈夫なのじゃないかと思う」

「なるほど。——僕がついて行っても平気ですかね」

「助手を一人連れて行くかもしれませんとメールに書いておいたから、大丈夫だろう」

「助手ですか」

「不服かね？」

「光栄です」

「しかしまだ時間が早いから、上にあがってお茶でも飲もう。——きみは何か食べた方がいいな。なんだかげっそりしているじゃあないか」

　ホームのすぐ後ろは山である。

　ところどころペンキの剥げたフェンスの隙間から、勢い余った草々が葉を伸ばして、蔓を這わせている。

対岸のホームの下を見る。大きな蓬《よもぎ》は健在である。

ホームにはトタン屋根の待合がある。都心部の駅にあるような、ガラス張りの、喫煙室のような造りのものではない。そもそも部屋になっていない。屋根と、それを支える薄い壁が三方にあるだけである。その中にベンチが置いてある。木製のベンチで、座るとギシリと鳴った。洗練されたデザインとはいえないが、風情がある。ガラスの待合よりも僕はこっちの方が好きだった。

ベンチには先生と僕しかいなかった。先生は外出用の黒いハンチングをかぶっている。脇には、金の金具のついた海老茶の革鞄を立てかけていた。先生はたぶん、車の免許を持っていないのだと思う。あるいは持っているのかもしれないが、運転するところを見たことはない。図書館へはいつも電車通勤である。

先生との付き合いは結構長い。初めて会ったのは高校生のときである。

二〇一九年に翔葉が亡くなり、そののち図書館の管理はD大学に委ねられた。その結果先生が管理人として勤務するようになったわけだが、それよりも以前から、先生はよく桂の森図書館を訪れていた。むろん研究のためである。

二〇一七年、僕が高校三年生のときのことである。大学進学が当たり前という雰囲気だったし、また勉強は嫌いではなかったから、僕も大学進学を希望していた。だから高校三年生ともなると、本腰を入れて勉強をしなければならないはずだった。しかし、元来の飽きっぽい性格と、また自分の学力というか能力を、恥ずかしいほど過大評価していたため、真面目に受験勉強に勤しむことをせず、桂の森図書館にほとんど毎日通って、小説ばかり読んでいた。学校の図書室でそれをすると、なんとなく先生からの視線があるように思われて、居心地が悪かった。桂の森図書館は、高校の最寄駅と自宅の最寄駅のちょうど中間にあった。帰りがけに寄れたのだ。

白と茶に塗られた電車がホームに入って来た。ギシィィイ、と音を立てて、車両は停まった。続けて、空気の勢いよく抜けるような音が鳴り、ドアが開いた。乗りこむ。ガラガラだった。笛の音が高く響いてドアが閉まり、発車した。待合の壁に貼られたポスターが後ろに流れていく。火災注意のポスターで、褪色していた。笑顔を見せている女優はたしか去年自殺した。

一時期、桂城翔葉に対する興味が再燃したことがあった。初夏だった。翔葉が書斎の棚に並べていた本の題名をメモしたり、それまでは手を出していなかった対談集、講演集、エッセイ集、映画のシナリオ等を読みあさっていた。

そうした時期のある日、『光弓《こうきゅう》』という映画のシナリオを読んでいると、先生から突然話しかけられたのである。一般的に、翔葉の映画を観る者は少ない。そのシナリオを読む人間となると、さらに少なくなる。だから気になって、声をかけたんだ、と、のちになって先生は語った。

列車は山間を走り続けた。この辺りは駅と駅との間隔が広い。二本の短いトンネルを立て続けに抜けて、次の駅に停まった。

ここでは降りなかった。尋ねると、行き先はJ駅だという。あと二駅先である。

駅舎を見上げた。

この駅は去年建て替えられて、コンクリートの塊のような、つまらない建物になってしまった。

「翔葉が好きなのかね」

というのが、はじめて掛けられた言葉だった。顔はその頃から厳《いか》つかったが、挨拶も抜きで単刀直入に尋ねてくる率直さに、反対に興味をもった。

図書館一階の西側には、談話室がある。会話自由の広い部屋で、飲食もここでなら可能である。自動販売機も設置されている。そこに行って話してみると、相手は大学の先生だった。それ以降、会ったときには談話室へ行って、取り留めもない話に興ずるのが恒例になった。先生は研究者であるから、当たり前だが翔葉に関するエピソードを豊富に持っていた。原稿はすべて手書きで、自分の原稿ならばそれが何度目の改稿か読むだけで判ったとか、遺体の解剖を見学して貧血を起こしたとか、言葉遊びが好きで、作家仲間に送る年賀状は毎年アナグラムや暗号を多用して書いていたとか。そうした面白い話を次々に教えてくれた。また先生にとっては、「若者」に分類される僕の、翔葉作品を読む視点、とでもいうようなところに興味があったらしい。

大学へ進学し、横浜に一人暮らしをはじめてからは、会う機会はぱったりと無くなった。しかし二〇一九年から先生が図書館に勤務するようになって以降は、帰省時には必ず立ち寄って、横浜土産のクッキーを間に、以前のようにどこへ向かうか皆目見当もつかないような話をするようになった。

先生は向かいの席で目を瞑っていた。先生は居眠りが三度の飯より好きである。本人が言っていたのだから間違いはない。しかしお茶のためには起きるのだから、

飯 ＜ 居眠り ＜ お茶

という関係が成り立っているのだと推測できる。

窓外に目を向けると、竹林だった。細い葉先が車体スレスレに靡いている。サワサワと静かな音がガラス越しに聞こえた。

小学生のときに、桂の森図書館を見学しに行ったことがある。社会見学の一環だった。まだ改築が繰り返されている頃だったので、時計塔は整備中で、ネットの囲いで覆われていた。裏庭は一面原っぱで、噴水も東屋もブロンズ像も、まだなかった。作業服を着た、ものすごく背の高い外国の人たちがそこここを歩きまわっていたが、あの人たちが、オランダからよばれた大工たちだったのだろう。館内を案内してくれたのは桂城翔葉自身だった。僕はその当時まだ、彼

の作品を読んだことはなかった。そもそも、この見学がきっかけのひとつとなって読み出したのである。しかし、記憶は曖昧で、どこを歩き、何を見たのか、よく憶えていない。翔葉の顔も霞んでいてはっきりとしない。あまり表に顔を出さない作家だったから、仮に現在インターネットで検索をかけてみても、若い頃の白黒写真の画像が僅かに残っているだけである。


T駅を過ぎた。

ホームの端に桜の木がある。

先週花盛りだった桜は、この何日かでほとんど散ってしまっていた。

僕は先週、ちょうどあそこの、一枚だけ点字ブロックが剥がれている場所に立っていた。

紙吹雪のように、桜がボロボロ散っていた。

日暮れが近かった。

曇り空。

暖かい春風が吹いていた。

ホームの裏手はもともと蓮田《はすだ》だった。それが今では、残った畦《あぜ》によってぼんやりと区切られた野草の原に変わっている。たぶん、継ぐ人がいなかったのだろう。草はらには白い小さな薺《なずな》の花が一面に広がっていた。

薺は、ぺんぺん草とも呼ばれている。三味線のばちのような形の実が、細い茎から四方八方に突き出ている。実の付け根の部分をひとつずつ、ちぎれない程度に少しだけ割いて、茎を持ち、くるくると振ると、ちょうどでんでん太鼓のように、実が打ち合い、パラパラと乾いた音がする。しかし、実の付け根を割くのは子供には少々繊細な作業だから、失敗してちぎってしまうこともよくある。何枚かちぎれてしまっても音は鳴るのだが、子供心に、一枚もちぎらずに鳴らしたいと思って、僕は何本も摘んでは、失敗して捨てた。ふと我に返って足元を見ると、茎を折られ、実をちぎられた薺が束になっている。僕はそのとき、たぶん初めて、植物に対して謝りたい気持ちになった。二十年近くも前の、昔の話である。

小さな花は風にあおられて、ユワリユワリと大きく揺れている。

喫茶店を出て、公園のブランコでしばらく話し、それからゆっくり歩いて、駅まで来たのだった。

電車が来るまでにはまだ時間があった。この辺りの駅は三十分に一本しか便がない。

藤崎も電車で帰るのだったが、方向は違う。僕は陸橋を渡った向こう岸のホームだった。でも、彼女の電車の方が先に来るので、ついでに見送ることにし、ベンチに並んで座っていた。こちらのホームには他に誰もいなかった。僕はベンチを離れて、特に見る必要もなかったのに、時刻表を見に行った。話がちょうど途切れて、手持ち無沙汰だったからである。戻ると藤崎は立ちあがっていて、点字ブロックのうえからレールを見下ろしていた。

「池田。——例えばの話だけどね。支柱が、急になくなったらさ、それまで丈夫だと思っていた木でも、花でも、何でもない風とか雨で倒れることって、まぁあるよね」

どうでもよいことを確認でもするように、そう言った。にこにこしながら、何もないレールを見ている。

「そういうこともあるだろうね」

僕は藤崎の視線を追って、同じレールを見下ろした。

「何かあそこにあるのかい？」

「いや。何も」

藤崎は少しだけ顔をこちらに向けて、やや横目で僕を見た。

「頼み事をひとつ聞いてくれない？」

「僕にできる事なら、なんでもどうぞ」

「私がある謎を池田に託したとして、池田はそれを解いてくれる？」

「随分と抽象的な話だなあ」

僕は笑った。藤崎も微笑んでいた。香水が香った。金木犀の薫りに似ているがすこし違う。あの花ほど甘く濃い香りではなく、淡い。色で表すなら透き通った青緑である。

向こうの方で、桜がホームに散りかかるのが見えた。

「いいとも。引き受けるよ。その謎というのを、解けるかどうかは分からないけどね」

「解けなかったら解けなかったでいいんだよ。私はそれを、なんというかな、共有してほしいだけだから」

「――具体的には、僕は何をすればいいんだい」

藤崎はバッグから、ハンカチに包んだものを取り出した。

ハンカチを開いて、それを僕に手渡した。

六角形に月の浮き彫りが施された鍵だった。

「日曜日に、これを北岡先生に見せに行ってくれれば、それで話は伝わるよ」

「分かった」

藤崎は、いつの間にか生真面目な固い表情を浮かべて、僕の目を覗き込むようにじっと見ていた。緊張しているようにも、あるいは迷っているようにも見えた。眼は、いつもより光彩の色が濃く見えた。反対に白目は陶磁器のように青白く、血の気がなかった。

「口外はしてほしくない。先生にだけは話してもいい。北岡先生なら、秘密を守ってくれるだろうから」

僕はしっかりと頷いた。無二の友人からの、柄にもない真剣な頼みである。できるかどうかはともかく、引き受けないわけにはいかなかった。

「分かった」

普段はどうでもよい話題を次から次へと思いつくのに、このときはそれ以上、何を話せばいいのか判らなかった。二人とも黙って、思い思いの方にぼうっと目を向けて、立ち尽くしていた。

雀が飛び立った。近づいてくる電車が視界に入った。

ふと見ると、藤崎は片手を差し出していた。握手である。

「記念にね」

何の記念なのか判らなかったし、随分と気恥ずかしかったが、僕はその手を握った。

藤崎はかなり強く手を握った。僕はオーストラリアの事を思い出しそうになって、懸命にその記憶を押し返していた。だから、藤崎の表情に気がついたのは、電車が止まり、ちょうど手を放す瞬間になってからのことだった。

藤崎は笑っていた。笑っていたが、たぶん、泣いてもいた。涙は零れていなかった。けれども、たぶん、ちょっと首を傾ければ、それはすぐに零れ落ちそうなほどになっていた。

初めて見る表情だった。

だから、何を言ったらいいのか、僕には判らなかった。

手が離れた。

僕はホームに取り残された。

桜の枝は、藤崎を乗せた列車が横を走り過ぎるとき、まともに風を受けて、いっそう花びらを零した。

六、青い花

青野さつきの自宅は、J駅からタクシーに乗って十五分ほど行った先の、丘の中腹にあった。丘を登る途中、林が途切れて、路の下に細長い土地の墓地が見えた。日の光が全体をぼうと包んでいて、とても静かな場所に思われた。ひとつの墓石のうえで、光沢のある青い尻尾の蜥蜴《とかげ》がこちらに首を捻るのが見えた。

家は平屋の木造建築で、木材の色合いから、かなり古い建物であることが察せられた。黒い屋根瓦が整然と、広々と並び、光を受けている。庭にはいろいろな形の鉢がたくさん置かれており、また花壇もあった。季節の花が、色とりどりに咲いていた。パンジーとチューリップは判った。薔薇も判ったが、他の花の名前は判らなかった。赤、黄色、白、紫、深紅、緑、深緑。苔に呑みこまれた石が、根を張ったように庭の隅にあった。

ポストは赤く塗られた木箱だった。反対側の柱にはカメラ付きのインターホンがある。妙に不釣り合いな感じだった。

中年の女性が取り次いで、奥の間へ案内された。立ち居振る舞いから、身内の人ではなく、お手伝いさんのようだった。

廊下は長い。黒塗りの階段の横を通って奥へ。

外光が遠くなり、薄暗くなる。

角を曲がって、紺の暖簾《のれん》をくぐると、ふうと明るくなった。黄緑の葉の茂るもみじが見えた。外である。裏庭に面した縁側に出たのだった。瓢箪《ひょうたん》型の池があった。鯉がいる。夕空に白い雲が浮かんでいるような模様の鯉が一匹と、雨雲のように黒い鯉が一匹。のらくらと泳いでいる。

反対側はどこまでも障子が並んでいる。角部屋の一枚だけが開いていた。縁側は垂直に折れて、さらに向こう側に続いている。開いた障子の内に、畳の端が見えた。軒先には鉄器の風鈴が下がっていた。魚の形をしている。囲炉裏の自在鉤の魚に似ていた。微風に揺れて、チリンと澄んだ音を立てた。

「奥様。お連れいたしました」

女性は開いた障子の手前で立ち止まって、声をかけた。

「お通ししてください」

奥から来た声は低かった。けれどもくぐもらず、よく響く声だった。

敷居を跨ぐと、畳の匂いがした。何畳あるのかすぐには判らないほどに広い座敷だった。部屋の中央上部に、黒い鴨居が張ってある。象がぶら下がっても折れないように思われた。その上の欄間《らんま》には、梅、松の枝、雲、波などの形が、技巧を凝らした透かし彫りにされていた。

部屋の、ずいぶん遠くに思える向かい側の壁には、広い床の間があり、その横の床脇の壁は、三段の造りつけの棚になっていた。床の間には掛け軸も花瓶もなく、その代わりに二台の書棚が据えられていて、ぎっしりと本が並んでいた。床脇の棚にも、本がぴしりと整列している。

その手前に、長方形の大きな卓が据えてあった。それぞれの脚の下には、緑色の小さな座布団のようなものが挟んであった。畳に跡がつかないようにするための工夫なのだろう。

その卓の向こうに、とても小柄な老婆が一人、ちんまりと座っていた。

障子から差し込む外光は少なく、部屋全体にうっすらと影が掛かっているようだった。

着物姿である。薄暗くて判然としないが、たぶん濃い紫色の着物の上に、真っ黒い羽織を羽織っていた。白髪は、後ろで団子状にきっちりと纏めてある。とても小柄で、眼は糸のように細く、下がっている。眠っているようにも思われるほどだった。おちょぼ口で、饅頭のような頬をした、実に柔和な面立ちだった。ずっと微笑んでいるように見えた。それでも背筋をしゃんと伸ばし、正座をしているため、凛として見えた。

「どうぞこちらへ」

老婆は張りのある声でそう言って、声音とは正反対の優しいしぐさでおいでおいでをした。

僕たちは卓を挟んで、老婆と向かい合って座った。先生は革鞄を倒して置くと、そのうえにハンチングをきちんとのせた。

「こんにちは北岡さん」

青野さつきは先生に会釈をすると、先生が何か言う前に僕の方に顔を向けた。

「助手さんというのは貴方かしら」

「はい。助手というのは、少々、荷が重いですが」

口中の水分が無くなっていた。叱られたわけでもなんでもない。言葉すらほとんどかわしていないのに、僕は気圧《けお》されていた。

「ただの大学院生です。池田哲《さとる》と申します。はじめまして」

「うふ、ふ、ふ。お若い助手さんですねえ、北岡さん」

「これで頼りになるのです」

先生はへの字口の端を少しばかり上げて、微笑んだ。

「――さて」

す、と先生は背筋を伸ばした。オーデコロンが畳と同時に香った。

チリリンと、背後の遠くで風鈴が鳴った。

「今日伺いましたのは、桂の森図書館の建設の歴史についてお尋ねしたかったからなのです」

「建設の歴史と申しますと?」

「あの図書館はどういった経緯で建設され、どのような経緯で改築が繰り返されたのか、ということを、お伺いしたいのです」

　青野さつきは微笑んだ顔を、もっと微笑ませた。

「翔葉全集の、九巻目でしたかしら。あの中に「桂の森図書館について」というエッセイが収録されています。先生はご存知のはずですけれど」

「読みました。しかし、あれに書かれているのは、こう言ってはなんだが、至極体裁のいい言葉ばかりです。それから、たしか開館当時の、地元紙のインタビューでは、「本はあの世へ持っていけないから甚だつまらない。だから次の時代の人たちのため、置いていく場所を造ることにした」と、翔葉は答えていますね。しかし、それだけの事では説明できないほどに、あの建物は巧妙に、それも不必要なほど、秘密裏に造られている。語られていない動機というのが、私にはあったように思われる。だから、青野さんにお尋ねしたいことというのは、図書館建設当時の、翔葉の関心の対象であったり、あるいは思想だったりと、そういうふうなことなのです。何か印象に残った会話などは、当時、ありませんでしたか」

　話の途中から青野さつきの目が鋭くなったように感じたが、気のせいだったのかもしれない。見ると、まなじりはやはり下がっていて、小さな口元には上品な微笑がそのままにあった。

「フェアではありませんよ、北岡さん。何か、隠していらっしゃるのでしょう？」

　太陽の位置が変わったからか、掛かっていた雲が流れていったのか、そのとき、影を吹き払うように座敷は明るくなった。障子に、庭の木の影が映った。葉のついた枝の影が、小刻みに揺れている。

「あなた方がどれだけのことを知っているのかを、まず教えていただかなければ、私には自分の知っているどの話があなた方のご参考になるのか、判断がつきません」

先生が僕を見た。話してもいいか、という問いかけなのだろう。僕は頷いてから、「僕が話してもいいですか」と尋ねた。先生はこっくりと首肯した。

「ある人と、僕は約束をしていて、この事は口外を避けるように言われています。それを破るのは不本意ですが、青野先生のお話もご尤もです。ですから、もし、先生がこの事を口外しないとお約束していただけるのであれば、僕はそれを話そうと思います。——いかがですか」

青野さつきは僕のことを瞬時、じっと見つめた。皺の深さが判る。明るくなったからだろう。瞳は鳶色《とび》だった。

にっこりと、優しく笑った。

「お約束いたします」

そうして僕は、つたない言葉で、これまでの経緯を話しはじめた。

＊＊＊

朝だった。

まだ雀も鳴き始めていない。

薄ぼんやりと明るい縁側に、立ち尽くして、庭を見ていた。

徹夜明けで、頭が酷く痛んだ。


目に見える光景は、全て、青色のフィルター越しに見ているように沈んでいた。憂鬱で、暗かった。

ただ、それは徹夜明けで、疲れ気味で、少しばかり不機嫌でもある現在の気分には、最適な色調だった。


筋がまとまらない。

撮影の中途で、脚本の一部を書き換えることに決めた。スケジュール上、かなり無理のある決断だった。反対もされた。が、妥協するぐらいなら撮影を中止したかった。

映画は難しい、と改めて思う。小説の場合ならば、途中で筋の変更を決定したとしても、結局のところ、自分一人が苦しめば済む話である。しかし、映画は違う。特に、撮影が既に進行しつつある場合には、撮影班にも、美術班にも、むろん役者たちにも、そのほか多数の人たちに対して、影響が及ぶ。大監督などと呼ばれる人たちならば、きっとそんなことには慣れっこで、うまく処理も、説得もできるのだろうが、自分にはとても無理だ。しかも、変更すると言ったまま、その変更後の筋が一週間経っても未だにまとまらないとなれば、自分の軽挙妄動を呪いたくなる。

振り返って、開け放しの障子から部屋の中を見る。

座卓のうえと、そのまわりの畳のうえに、画用紙がいっぱいに散乱している。場面のイメージを絵に起こそうとして、何枚も何枚も描いたが、納得できるものは一枚も描けなかった。鉛筆で描いたものもある。絵具で着色したものもある。墨で描いてみたものも、ボールペンで描いたものもある。どれも没だ。

大理石の灰皿は、根元まで灰になった吸殻で山になっている。

孫娘と一緒に住むようになってから、人前では吸わなくなり、独りのときもできるだけ控えるようにしていた。それなのに、一晩でぱあになった。家にある煙草は吸いつくしてしまったから、押し入れの箱からパイプを引っ張り出して吸おうと思ったが、葉が湿気《しけ》て駄目になっていた。

煙草なんて旨くもなんともない。煙を吸ったところで脳が活性化するわけでもなければ、気分が高揚するわけでもない。肺が黒ずんで、歯がやにだらけになるだけだ。

ならば何故に吸うのか。

煙が出るからである。

口から煙を吐き出せば、自分の呼吸が目に見えて判る。自分は生命活動を絶えずおこなっている、生きているということが、目に見えて判る。その事が、ほんの少しだけ、心を穏やかにしてくれる。慰《なぐさ》めになるのだ。自分は仕事のための機械ではないという前提を、思い出させてくれる。常時活動中の、替えの利かない、ひとつの生命体なのだと、思い出させてくれる。だから、煙草を吸うのだ。

頭の中が飽和している。

いったん――いったん、忘れよう。

障子を閉じ、振り向いて庭に目を転じた。

朝の空気をゆっくりと吸い込んでいるうちに、頭の中に充満していた、粘着質な重たい空気が、綺麗に換気されてゆくような気がした。

家など、住むことさえできればあとはどうでもいいと考えていた。

ただ、縁側だけは長く造った。艶のある黒塗りの板を敷き、庇《ひさし》は深く造らせた。深遠な意味などない。構想を練る時には歩き回るから、その方が都合が良いだろうと思っただけだった。だが、歩かないまま考える時だってあるのだから、これはあまり当てになる理由ではなかった。

しかし、実際に造ってみると、確かに歩きがいのある長さでもあったけれど、家の中で、縁側ほど気持ちの良い場所はないと思うようになった。

居間よりも、寝室よりも、土間よりも、庭よりも、縁側に立っている方が好きだ。

特に、秋はいい。

涼風が芒《すすき》の穂を撫ぜた。ふいに、金木犀が薫った。

金木犀の薫りは、諦めの悪い夏の断末魔だ。これで、忌々しい夏も、漸《ようや》く息の根を止めたということだ。二度と息を吹き返してほしくないけれど、地球の公転が止まらなければ、夏はどうせ、また来てしまう。それは、ほんのしばらくの間だけでも人間を続けていれば、厭でも思い知ることだ。

庭は、雑草が伸びている。

ここ数か月、草を刈る暇などなかった。

冬になれば勝手に枯れるが、まだ早い。明日あたり、刈っておかなければならないだろう。庭いじりは、遣り始めるまでが億劫なだけだ。始めさえすれば、良い気分転換になる。

庭は、砂利でも敷き詰めれば寺院のようにござっぱりするのだろうが、それは少し嫌だった。砂利は路に敷くものであって、庭に敷くものではない、というのが持論だ。別段、深い意味がある訳ではない。庭を歩く時は大抵考え事をしている時だ。そんな時に足元でザロザロと音が鳴ると、耳障りだろう。しかし、道、特に細い路を歩く時には大抵、目的地に向かって歩いているだけだから、そういう時には足元のジャリジャリは、音楽的効果として愉しめる。そう思っているが、これもまた、当てにできる理由ではないようだ。

陽が差してきた。朱色の忌々しい朝が、今日もまた目を覚まし始めた。地球の自転が止まらない限り、朝日はずっと朱色のまま、ずっと差し込んでくるのだろう。雀も漸く目を覚ましたらしい。雀は、まあ許す。あんなに小さな身体で、あんなに大きく囀る様子は健気だ。鴉だったら、可愛くも健気でもないから許さない。が、この辺りには幸い、鴉は少ない。

ちらと、視界の端に鮮やかな青いものが映った。

いつもの景色にはない色彩だった。

誰か、縁側の先に立っているのだろうか。こんな時間に起きる者は、誰もいないはずだが。顔を向ける。それは縁側の、向こうの端近くにあった。

斜に射し込む朝日をまともに受けながら、軒下の梁から風鈴のように、萎れた朝顔の花が美しく吊り下がっていた。

ああ、あの色はとてもいい、と思った。

＊＊＊

背後で、魚型の風鈴がまた微かに鳴った。

話の区切れ区切れで、いいタイミングで鳴るものだと感心していたが、話している間は話すことに集中するために、自分には聞こえないのだろうと思いなおした。

途中で一度だけ、話は中断した。先ほどの女性がお茶を運んできてくれたのである。

青野さつきは、僕が藤崎雪葉の友人であることを知って驚いた様子だった。

一方で、暗号のからくりについてはすでに知っていたようである。その話をしても、柔和な表情は少しも変わらなかった。

「こうした経緯から、次の暗号のヒントが井戸であることは分かりました。しかし、該当するものが見つからず、停滞しているのです」

青野さつきは僕の長い話の間、頷きはしても、言葉は挟まなかった。

話が終わっても沈黙したまま、僕の顔をじっと見つめていた。それでもやはり、やわらかく微笑んでいるように見えた。

「雪葉さん自身が、あなたに解いてくれるようにと、そう言ったのですね?」

確認をするように尋ねた。

「はい。歯切れの悪い言い方ではありましたが」

老婆はゆっくりと深く、一度だけ頷いた。それから、まだ手をつけていなかった茶碗の、白い陶器の蓋を開いた。

「それなら、お教えいたします。井戸の場所を」

「ご存知ですか」

「ええ。でも――図書館建設の理由については、まだ、お話しできる段階ではありません。あなた方が最後まで暗号を解いたら、その時にはお話しいたします。それでも、よろしいかしら」

先生の方を見ると、半白の薄い眉毛を、熟考するように寄せている。青野さつきはちらとその様子を見ると、続けて言った。

「北岡さんは――私が、貴方だけに秘密を打ち明けさせたのが公平じゃないと言いたいのです、きっと。――でもね。あなたが雪葉さんと約束をしたように、私にも、翔葉との約束があります。必ず、お話しいたします。だから――今は、待っていただけないかしら」

「……そういうことでしたら――分かりました」

僕は会釈をするように頷いた。先生は難しい顔のままだったが、何も言わなかった。

「井戸は、図書館の裏庭にあったのです。東屋がありますでしょう。図書館が建つ前の、まだ小学校の建っていた時分には、あそこに井戸があったのです。井戸そのものは埋め立てられたのですけれど、枠は残されて、今は東屋のテーブルの土台として再利用されています。天板が三角形のテーブル、見たことあるでしょう？　もともとの井戸枠に合わせて、曲面に形成した石板を三枚、井戸枠の側面に嵌め込んで補強して、それから上に三角形の天板を嵌めたのです。嵌め込んだだけですから、天板はきっと、外れます」

別れ際、青野さつきは、脚が悪いので玄関まで行って見送れないことを丁寧に詫びた。それから僕の方に向きなおって、まっすぐに目を見て、やわらかくこう言った。

「きちんと、受け止めてあげてくださいね」

とても、穏やかな言い方だった。

けれどもその言葉の意味は、僕にはよく分からなかった。

背後で風鈴が大きく揺れたようだった。

ケキョウ、と鶯が鳴いた。

○

高校二年の、学園祭間近の時分のことだから、修学旅行よりも前の話になる。

その年、僕たちのクラスは、タピオカミルクティーの店を出すことに決まった。その日は材料の買い出しに、僕と藤崎が近くの大型スーパーまで行くことになった。友人から自転車を二台借りて、並走しながら向かった。

高校は比較的町中にあったが、中心街とは離れているから歩行者は少ない。もっとも田舎町なので、中心街でも、平日の日中はそれほど人の姿は見かけない。

スーパーへ向かう道の途中、牛丼チェーン店の横に、三階建てのビルが建っている。全体的にくすんでいて、黒い大きなヒビが側面から前面上部にかけて走っている。壁の表面が崩れてこないか心配になるほどだった。一階の窓にはすべて白いカーテンが掛かっていて、中は見えない。僕が高校に入ったときにはすでに空きビルになっていた。もともと何が入っていたのか、友人に聞いても誰も知らなかった。

三温糖などを数袋購入し、その帰りがけ、再びビルの前を通ったとき、後ろを走る藤崎が「あっ」と声を出した。すぐに振り返れない。遅くなったので少々スピードも出していた。「どうした?」と、前を見たまま声をかけた瞬間である。

何か、目には見えなかったが、靄《もや》のような、周辺よりも密度の濃い気体があった。突き抜けると、急に吐き気が込み上げてきた。

電柱の横に自転車を停めた。藤崎もすぐに横に来て停まった。

「大丈夫?」

「急に。気持ち悪くなった」

話すのも精一杯だった。無理に喋ると吐きそうになる。肺が、もやりとした気体で充満している感覚だった。視野の周辺がぼうと暗くなってくる。貧血のときに似ているが、頭は妙に冴えていた。しかし耳鳴りが酷い。

「ぶつかったんだ」と、藤崎はよく判らないことを独り言のように言った。近くのバス停のベンチまで、支えられながら連れて行かれ、座らせてくれた。

視界は狭く、しかも暗い。目は開いている。物の形も見えるのだが、その物が何なのかを認識するのに時間がかかる。暗い。夕方ではあったが、これほど暗くはないはずだった。町行く人々が黒い影になって見えた。――そういえば、急に人通りが多くなったような気がした。

バス停は神社の前にあった。小さな神社で、人はいない。名前も知らない。銀杏の大木が境内にあった。相対的に、社殿が余計に小さく見えた。

吐き気は継続していた。弱まりもしない。気をつけていなければ、胃の中のものが全て出てきてしまいそうだった。紅葉の季節には早かった。銀杏の葉は黄色に変わりつつあったが、緑が残っていた。下の方にある葉は、まだ完全に緑色だった。が、葉のたくさんある様子をあまり見つめていると、余計に気持ち悪くなりそうだったから目を逸らした。

藤崎は僕を連れてその樹の前まで歩いた。幹に手を置くように言われたので、右手を置いた。樹皮はでこぼこしていて、ひやりと冷たかった。

いきなりどんと背中を突かれた。

コホッと大きな咳が出た。幸いにして胃の中のものは出なかった。

そのたった一度の咳で、肺の中の悪い気体が全て抜けたようだった。耳鳴りが止んだ。まばたきを繰り返すと、視野も戻った。境内には僕たちしかいない。

僕たちはベンチに戻った。通りにはもう人影はなかった。

「ぶつかった、っていうのは、なんだったの？」

落ち着いてから、僕は尋ねた。

「あのビルは多いんだよ」

「霊が？」

「——まあね」

藤崎は気後れしたように、間を空けてそう応えた。

「歯切れが悪いなぁ。——何度も言うようだけど、僕は、霊を否定する立場にはないよ。藤崎に実際に視えるのなら、それはきみにとって、ちゃんと存在するものだ」

「物理選択の癖に科学的じゃないね」

「——科学は、在るものを、ありのままに観測する行為だからね。藤崎に実際に視えているのなら、視えること自体を否定する立場に、科学はないはずだ。何が視えているか、ということの説明の仕方、つまり、仮説はいろいろ考えられるだろうけど」

「そんなものかな。——とにかくそれだけ喋れるんなら、もう大丈夫だね。まあ除霊だったにせよ、ショック療法だったにせよ、そういえば感謝の言葉をまだもらってなかったね」

「今から言おうとしていたんだよ」

寄木細工の入った三角形の天板を外すと、ほとんど埋め立てられている状態の井戸が、そこにあった。一メートルほど深さが残っている。天板の下は空洞だったのである。井戸の底にはコンクリートの床があり、その真ん中から当然のように銀色のハンドルが突き出ていた。ハンドルには稲妻型の暗号が彫り込まれていた。

○

RIGHT SEVEN

右に七回廻す。ハンドルは重く鋭い音を立ててロックされる。

鐘の音が落ちてきた。

音階はまた高くなっていた。東屋の外に出て、時計塔を見上げる。

すこし歩いて、塔の真裏に立ち止まった。

塔は夕暮れの光を浴びて、右半分が橙色に染まっている。反対側は相対的に薄暗い。陽に半分だけ照らされた文字盤には、算用数字が並んでいる。時刻は午後五時四十七分。

六角形の屋根の頂点からは、吊り燈籠によく似た銅鐸が下がっている。銅鐸は直径がそれぞれ違っている。直径のかなり広い、横広のものもある。反対に直径の小さな、縦長のものもある。だから音階も、鐘によって変わるのだろう。南側だけは――今、真上に見えている頂点からだけは、銅鐸ではなく、青銅色の長い円柱が下がっていた。

鐘の音は続いている。

音は、鐘を中心にして球状に八方へ拡がるのではなく、霧か、靄のように、塔の側面を伝ってゆるやかに降りてきて、そのまま地面に染みて、忘れられてゆくように思われた。

風が強くなっていた。ざわざわと樹々が騒いでいる。夕空を葉が舞っている。揺れている鐘は見えなかった。時計塔の正面側の鐘が鳴っているのである。前回鳴った鐘の、隣に位置するものなのだろう。風は強いが、他の鐘は微動だにしていない。ハンドルを廻す動力によってしか鳴らない仕掛けになっているのだろう。

「池田君」と先生の声が聞こえた。塔から視線を外すと、緑がかった残像が残った。

東屋に戻ると、先生は片膝をついて腰をかがめ、大きな懐中電灯で井戸枠の外側を照らしていた。先程、僕も気がついていた。

青野さんの話のとおり、井戸枠に沿って、三枚の石板が嵌められている。御影石《みかげいし》だろう。横長のもので、三枚が並んでちょうど井戸枠を一周している。

それぞれの石板には、数字がびっしりと彫り込まれていた。

3	26	22	18	14	10	6	2
7	31	46	42	38	34	30	25
11	35	51	58	54	50	45	21
15	39	55	63	62	57	41	17
19	43	59	64	61	53	37	13
23	47	52	56	60	49	33	9
27	32	36	40	44	48	29	5
4	8	12	16	20	24	28	1

3	16	24	23	15	2
17	7	32	31	6	14
25	33	11	10	30	22
26	34	12	9	29	21
18	8	35	36	5	13
4	19	27	28	20	1

3	37	45	6	44	36	2
38	23	29	10	28	21	35
46	30	22	14	20	27	43
7	11	15	17	13	9	5
47	31	24	16	18	26	42
39	25	32	12	33	19	34
4	40	48	8	49	41	1

七、水底

＝　風鈴とアキム・F氏

アメリカの方に対して風鈴（wind-bell）という単語を使った場合、その人は一体どのようなベルを思い描くのだろうか。

私は今回、日本の風鈴についての話をしようと思う。日本で「風鈴」という時にはふつう、クラゲのような形をした器が、ひとつだけ吊り下がっている絵が想像される。器は空洞になっていて、舌《ぜつ》がある。舌からは糸が下がっていて、その先に縦長の四角い紙が結びつけられている。その紙が風を受けて揺れることで、舌が器に当たり音が鳴る仕組みである。先ほど私は器の形を「クラゲのような」と書いたが、形にはバリエーションがある。材質も、ガラス製、陶器、鉄器、様々である。

今回の話に登場する風鈴は、鉄製で、器は釣鐘のような形をしている。

アキム・F氏は風鈴が好きです。

実を云うと、最初に風鈴が好きになったのは僕の方でした。僕が好きなのは鉄器の風鈴で、なぜそれが好きなのかというと、ガラス製だと壊れやすいし、陶器製だと音がくぐもって感じられるからです。さらに鉄器の場合には、見た目と音色との間に、想像以上の間隙があるという特徴があります。ガラスの器が澄んだ音を奏でても、それほど驚きはしませんけれど、ごつごつした鉄の塊から氷のように冷たく優しい音が鳴ると、誰でも驚くはずです。その間隙に、僕は魅了されました。

アキム君との知遇を得る少し以前から、僕は鉄器の風鈴が好きになりはじめたのでした。仲の良い先輩や友人に、プレゼントしたこともあります。僕は、音色の違う風鈴を四個持っていました。家には自慢の長い縁側があるのですが、その軒先に等間隔に四個の風鈴を吊り下げて、特に朝の早い時間に、それらの音を聴くのが僕の愉しみでした。日本では風鈴は夏に吊るのが一般的です。が、僕は季節に関係なく、気が向いた時に吊り、満足したら降ろしていました。

アキム君が初めて家にやって来た日、氏はまだ生まれたばかりの赤ん坊でした。氏はその頃から既に勇猛果敢にして頭脳明晰かつ天上天下唯我独尊でしたが、軒先で歓迎の歌を囀いている風鈴たちを、とても不思議そうにじっと見上げていました。今でもそうですが、氏の瞳は大きくて真っ黒で、びっくりするほど澄んでいましたから、顔を近づけてよく見てみると、瞳の中に、揺れ動く風鈴が鏡のように映って見えるほどでした。

氏が五歳の頃の話です。

今年の誕生日には何を贈ろうかと、そろそろ考えはじめていた七月初めの或る日――その日も四兄弟の風鈴が鳴っていたのですけれど――僕は座敷で横になって、うたた寝と思案を行ったり来たりしていました。ちょうど俯《うつぶ》せになった時、見計らったように背後の襖が開き、何かが飛び出してきて背中にトッカリ乗りました。むろん、僕の親友です。

「ふうりんちょーおだい」

音程をつけて、歌うように氏は云います。

「風鈴かい？」

「いちばん右のやつ」

縁側の右端に吊ってある風鈴が好きなようです。最も音の低いものです。

「形はみんな同じだけれど、右のやつがいいのかい」

「うん」

「困ったなあ。あれは僕の宝物なんだが」

親友のためなら四個全部でも喜んで贈呈するのですが、時々、僕はこうしたイジワルを云ってみたくなるのでした。

親友は「ちょーおだい」を歌いながら、歌に合わせて立ったり座ったりを繰り返します。「ちょー」のところで腰を浮かせて、「おだい」のところでトコンと腰を下ろすのです。僕は親友の表情を見たくて仕方がないのですが、氏は振り返る余地を与えてくれません。

こういうのはどうだろう。と、僕は提案します。

「一緒に新しい風鈴を探しに行くんだ。いろんな色や形の風鈴があるんだよ。ガラスの透明な風鈴もあるし、お茶碗みたいに真っ白い風鈴もある。きみの好きな四角い風鈴もあれば、お魚の形をした風鈴もあるんだ」

「あの右のやつがいい」

「いろんな風鈴を見たあとで、それでもあの右のやつが一番好きだったら、あれをあげよう。でも、きっとお気に入りの風鈴が見つかるはずだよ。……行ってみないかい？」

氏は僕の背中に腰を据えて、じっくりと考え込みました。

「行ってみる」

「ありがとう。――よし、じゃ出発だ」

僕は親友を背中に乗せたまま立ちあがって、縁側を駆け抜けたのでした。

結局、氏は無事にお気に入りの風鈴を見つけました。誕生日の贈り物です。それは四角い屋根のついた鉄器の風鈴で、薄い青緑色の短冊が下がっていました。氏はそれを窓辺に吊るし、自身の瞳のように落ち着いていて、そして澄みきっている鈴の音を、心から愉しんでいました。氏にとっては勿論、それは僕にとっても、最高の音色です。

子供は、事物に対して、何らかの面白みを見つける力を、大人よりも豊富に持っているように思われます。

僕のもう一人の親友に、エイカ君という子がいます。氏は散歩の途中に何の変哲もない石ころをよく拾います。そして持ち帰って、石ころ専用のボール箱に仕舞います。話を聞いてみると、拾った石には、他の石ころとは違う何らかの秘密があることを、氏は僕にだけ、こっそりと教えてくれます。例えば、すべすべしていて触り心地がよかったり、おしゃれな白い線が入っていたり、角の部分が削れて、素敵な具合に丸みを持っていたり。僕には最初——実を云うと、ただの石ころにしか見えなかったのですが、話を聞いているうちに、ボール箱の中で静まり返っている石ころたちが、確かに、だんだんと、拾ってしまうのも已むを得ないほど素敵なものに思われてくるのです。

アキム君が小学四年生ぐらいになった頃、僕はこんなゲームを発明したことがあります。

仕事柄、僕の部屋には書き損じの原稿用紙がたくさんあります。半分しか字の詰まっていないものもあれば、全部詰まっているけれど没になったものもあります。このゲームでは主に後者の書き損じ原稿を用います。

まず、書き損じた原稿用紙を八サミで適当に切り分けます。ピースが大きいと簡単なゲームになり、小さく切るほど難しくなります。ピースの中の文字を判別できなくなるほど小さく切ると、難しすぎるので、ご注意ください。

切り分けたピースを、机の上でまぜこぜにします。これで準備完了。手作りジグソーパズルの出来上がりです。切り口がうまく合うように、また、文章が意味を成して繋がるようにピースを並べてゆくと、予想よりも案外簡単に、元の書き損じ原稿を再現することができます。それなりに判読可能な文字であるならば、もしかすると絵のジグソーパズルよりも簡単かもしれません。遊び終わったら燃えるゴミに捨てます。こうして部屋の掃除も一緒に行なうことができるのです。

僕はこのゲームをほんのお試しに提案してみただけだったのですが、アキム君はとても気に入ってくれ、次の原稿、次の原稿と、どんどん自分で切りはじめます。あんまり愉しそうなので、僕は書き損じなかった原稿まで渡しそうになったことがあります。

＊＊＊

藤崎は薬学部志望だった。

父親が製薬会社の研究員であるから、その影響からなのかもしれなかった。なぜ薬学部を志望するのか、直接尋ねたことはなかった。しかし傍《はた》から見ていて、入りたい、という意志はとても強かった。確固たる理由があったのかもしれない。

僕は、ただなんとなく理工学部を志望していた。

入学後の学科分けのときには少しだけ考慮した、就職に有利だとか、選択肢が多いとかいう世俗的な理由には、当時まったく興味がなかったし、むしろそんな理由で学部を選ぶことに、嫌悪すら抱いていた。大学へは学問をするために行くのであって、就職のために行くのではない。頑なに、独断的にそう信じていた。今は、別に、誰がどんな目的で大学に進もうが、どうでもいいと考えている。思考放棄である。

しかし、結局のところ僕はやはり、設定された問題が解けることだけに子供っぽい喜びを感じ、そうしたクイズ遊びが大学進学後もずっと続くものだと思い込んで、理工学部を選択しただけだった。

実際の研究では、答えが最初から用意されていはしない。解答集を覗き見して答え合わせもできないし、今自分が正しい方向に進んでいるのかどうかさえも、判断が難しい場合がある。そんなことは考えてみれば当たり前のはずなのに、僕はまるで分かっていなかった。

右往左往の末、僕は推薦制度で大学に入った。

藤崎は一年浪人ののち、第二志望の大学の薬学部に入った。

僕が大学一年のときの夏休みだった。帰省していて、ふいと気が向き、土産を持って塾へ行った。世話になった先生に挨拶するためだったが、藤崎にも会いたいと思った。

連絡はしていなかったが、折よく彼女はいた。

ショートヘアは変わらなかったが、やや赤みの強い栗色に髪を染めていた。違和感はまるでなかった。つまり似合っていたということだろう。他にも浪人生は数名いたが、志望先からいって最も勉強量を多くとらなければならないはずの藤崎が、一番暇そうに過ごしていた。互いの近況をひとしきり話し終わると、カフェに誘われた。断る理由もなく、ついて行くことにした。喫茶店ではコーヒーが値上がりしていた。

○

石板の暗号は糸口すら見つからないまま、カーテンの向こう側は明るくなっていった。まだ薄暗い台所でコーヒーを淹れて部屋に戻ると、急に眠くなってきた。飲みかけのコーヒーをコースターに置いて、ベレー帽型の黒い陶器の蓋をかぶせた。十五分だけ休憩するつもりで、椅子に倚りかかって目を瞑ると、昼になっていた。母はとっくに出勤している。

たぶん部屋を覗いたはずだが、僕が寝ているのに気づいて、起こさなかったのだろう。マグカップの蓋に大きな付箋が貼ってあった。残業で帰りは八時過ぎになると思う、と書かれていた。

コーヒーは冷たくなっていたが、中途半端なアイスコーヒーとして、それなりにおいしく飲めた。だいたいにおいて、なんでもおいしくいただける性格《たち》である。父は今日は夜勤だろうから、奥で眠っているはずである。

駅までは歩いた。

今日の電車は真新しい銀色の車体だった。

約束の時間よりも早めに着いた。東屋で落ち合うことになっていたので、裏庭へまわると、先生はもう来ていた。東屋の中のベンチに腰かけて、ぼおっと天井を見上げている。こちらに気がつくと、今まで両手を置いていた蝙蝠傘《こうもり》をかるく持ちあげて振った。

「こんにちは」

「こんにちは池田君」

僕は先生の向かいに座った。東屋に入ったとき、妙に違和感があると思ったら、今日の天気である曇天から、天井の裏側に描かれた青空へと急に変化したからだと気がついた。ドームの中央で太陽がニカニカと笑っている。先生が傘を持っているところを見ると、雨が降る予報なのかもしれない。僕は今日折り畳み傘を持ってきていない。

「暗号は、まだ解けないのです」

「うん。――それなんだが、これを見たまえ。さっき気がついたんだ」

先生は立ちあがると、ベンチの下を傘の先端で指した。

ベンチは東屋の形に沿って円形に曲がり、三角形のテーブルをぐるりと囲んでいる。材質は木で、クッションもついていないが、形状はちょうど電車の腰掛けのようである。その曲がった長いベンチは、一台がぐにゃりと円形になっているのではなく、弓型の三台が横並びに繋がって、C状になっているのだった。ベンチどうしがくっついている二箇所には、幅広の肘置きのような、小さなテーブルがあった。東屋の上半分には壁はないが、ベンチの背もたれから下は、外側から見ると白壁になっている。たぶんベンチと壁は一体になっているのである。

先生が指していたのは、ベンチの座面のさらに下、座った時に膨ら脛《はぎ》の後ろに来る部分であった。そこには、やや奥まったところに、暗い色の、表面がでこぼこした鉄板が張られていた。意識して見たことはなかったが、模様が彫られてあるようだった。

暗い板面がパッチリと明るくなった。見ると、先生が懐中電灯で照らしている。

近づいて覗きこむと、厚そうな鉄板の表面には、十センチメートル四方ほどの格子が切ってあった。針金を格子状に溶接したように、枠線は浮きあがっていた。さらに、一つ一つの格子の中に、左上から順に1から64までの数字が振られていた。鉄板上に彫り込まれているのである。

そのベンチは、東屋正面から見て左側に位置するものだった。テーブルの三枚の石板のうち、64までの数字が並ぶ一枚の、真正面に位置していた。

隣のベンチに目を向ける。

ベンチの下には同じように格子が切ってあり、1から36までの数字が順番に振ってあった。その正面の石板は、36までの数字が奇妙な順序で並んでいるものである。

最後、右端のベンチの場合も同様だった。1から49までの数字が格子の中に、順に連なっている。正面の石板には、49までの数字がばらばらに並んでいる。

三枚の鉄板が、それぞれの正面に位置する石板と何らかの関係を持つことは、間違いなさそうだった。

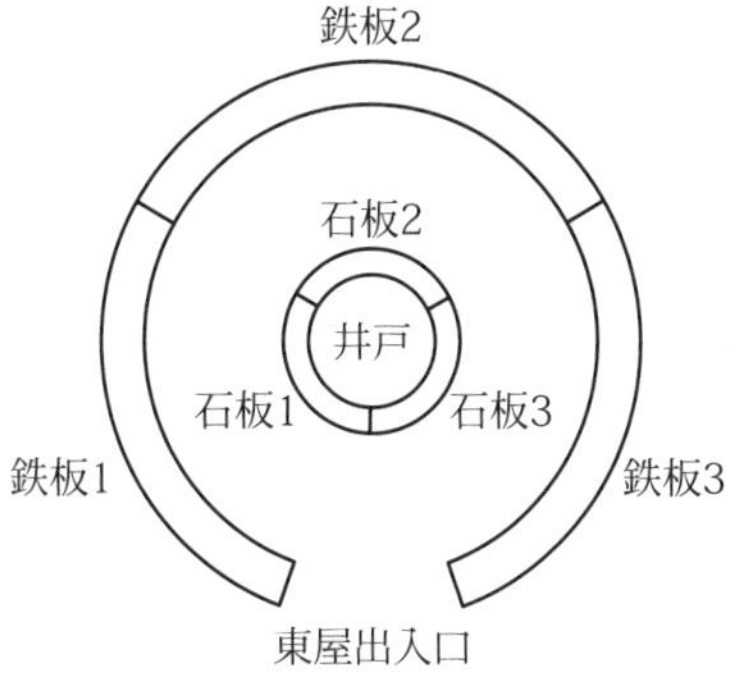

1	2	3	4	5	6	7	8
9	10	11	12	13	14	15	16
17	18	19	20	21	22	23	24
25	26	27	28	29	30	31	32
33	34	35	36	37	38	39	40
41	42	43	44	45	46	47	48
49	50	51	52	53	54	55	56
57	58	59	60	61	62	63	64

鉄板 1

1	2	3	4	5	6
7	8	9	10	11	12
13	14	15	16	17	18
19	20	21	22	23	24
25	26	27	28	29	30
31	32	33	34	35	36

鉄板2

1	2	3	4	5	6	7
8	9	10	11	12	13	14
15	16	17	18	19	20	21
22	23	24	25	26	27	28
29	30	31	32	33	34	35
36	37	38	39	40	41	42
43	44	45	46	47	48	49

鉄板3

3	26	22	18	14	10	6	2
7	31	46	42	38	34	30	25
11	35	51	58	54	50	45	21
15	39	55	63	62	57	41	17
19	43	59	64	61	53	37	13
23	47	52	56	60	49	33	9
27	32	36	40	44	48	29	5
4	8	12	16	20	24	28	1

石板1

3	16	24	23	15	2
17	7	32	31	6	14
25	33	11	10	30	22
26	34	12	9	29	21
18	8	35	36	5	13
4	19	27	28	20	1

石板2

3	37	45	6	44	36	2
38	23	29	10	28	21	35
46	30	22	14	20	27	43
7	11	15	17	13	9	5
47	31	24	16	18	26	42
39	25	32	12	33	19	34
4	40	48	8	49	41	1

石板3

格子の切ってある鉄板に触れてみる。冷たい。砂埃が付着していて、ざらついていた。ノックするように叩いてみると、想定よりもかるい、虚ろな音が響いた。

格子の中の一枚を、すこし力を加えて押してみた。僅かに動く。さらに力を加えると、パチンとばねの跳ねる感触があって、どんでん返しのように、格子の一枚が裏返った。

後ろの面に、文字が浮き彫りにされてあった。

かんが
らしょ
。なな

反転させたのは、右側のベンチの格子のうち、「9」と彫られたパネルだった。

隣のパネルも押してみる。パチンと反転する。

その隣。砂が噛んで動きにくかったが、やがてパチンとひっくり返った。

同じように、他の全てのパネルも裏返すことができた。

例えば「1」のパネルでは。

のあお
た。ク
のり、

「2」のパネルでは。

へとへ
いいし
マはせ

全てのパネルを反転させると。

じろに。かしどうしいことになハチたうせん
。あおむきにギははでいたをもっにもどぼって
にゆくめいげウサギらまぼのびをクマのぼくは

きづいチがいさ。ハようかちはあょくとうする
なのだでもひのさ。ねながってきをはじことが
んどはともネろしかがいうかたにもたまわない

れど、るのはけっきえたがかいふさ。おはしら
ょかんいたんいとんかのせきにのかんのいいし
エルはうかくむことめによったがい。カためハ

れからんごとう。ああそううちゅを。そじゅう
ばきっばんはだりむてはいつけるがあれょうぶ
まわせもとの、おもけでい、かまンドル。そば

エルがたんだいでとへしゅの、あいう。をとざ
はもう。みぎ、かたをひっナかえだいじことが
とまたクマのん。ムてもさいちだいけるわかれ

へとへかんがんでいただほんのはんだ。にはい
いいしらしょむいてごとのじゅんおきさがとん
マはせ。ななムムそえるのはもとだ。かいくか

のあおわたしいとんんのせしてほハチはったけ
た。クだ。こちびるだ。くだいじびウサてとし
のり、ちびるゃべっつにしば、べめた。し、カ

意味の通じる文章ではない。

「珍紛漢紛《ちんぷんかんぷん》だ」

隣にしゃがんでいる先生がぼやいた。懐中電灯を僕に手渡すと、先生は傘を支えにゆっくりと立ちあがった。膝から、ぽきぽきと小枝を折るような音が鳴った。

「あ痛た。私は、座らせてもらうよ」

先生がベンチで膝をさすっている間に、一番目と二番目の鉄板を調べてみると、三番目の鉄板と同じように全てのパネルが反転し、同じように意味の通じない文章が現れた。途中で一度立ちあがったときに酷く貧血になり、視界が暗くなった。何気なくふるまいながら、目を瞑ってじっと耐えていたらやがて治まり、先生には覚《さと》られずに済んだ。

しをぬようはんとてやとふ。おしさんににおれとそこレンズてかがハチははしにがったえた。ずのさもにすかがみけ。ハのてらクマははしてゆしょう、そもつべ

てふたいだにハチは。カエルをきてえいしょかな。ちカエルをのぞガネムつにくったぞれのしかっことひているさきにこをみて、いをウサたす。なかにれらを

レンズへいっチはれというた。そいをいらははるのかいをしょうはもたかたへんはなしったがをきくとつとう。そみはぶむかえれからつよくた。きのためにまぶ

ハチがよくをがやくいる、ラスで、ゆがる。こぜであ、クマエルともだうであまいもなものるまでたちあしらべよかん。むらいかがめにもあめいしまにしきい

すうとた。お。おしえんけかえっかったうふうたたかちらにこんでた。きるといをよろういっなこれがりこをとっりのあたつ。さて、ルはたってきってとんにふ

とび、のつつく。コシがあほんつ。それ、うれた。みとまっ。その、きんた。ユっぽんギへわばこのよんまるりいたひつるのでていたようだはないぞとかような

とさ。もこまりんしき、つった。つからまよなきのはてとびぶんぶみをもをはめんととってきび、はた。こおったさがすほうぎろにかできてんだガれにはいてあ

をつれウサギのカハチはひつよがよんかんがかになると、へゆきのとしだした。まばゆろの、すむおたけの

かくけとそらいに、をたすいだがったこ

れはのきをあしょうゅうがそこにをかれ

たあめのあおまもねうめこふりのなかっ

すいりそのあた。りりおし、あのにあが

、そらでてんみをとれはにねむりやつる

ない。んまいみずのこにふくももいそし

せからずっといレンりんがろ、かて、と

にわたむすいぼくのれをしはのそだした

むるかまつりまにすすをおたむらちはほ

しゃしわかかはさんなったり、りらのは

てかがりゅうもうかばしやためにりとり

した。のできめていもう。てまるびとた

りりんうざいとふうゅうはつぐなけた。

かきね。はたのていをうずし、おじゅつ

のしまほえみのよういまよは、いんだよ

ょうはズをそ。おし、なんゅうはょうが

むかしくもよすみ、けのしりいだしにす

もしまむむらいまで、かんりゅうじ、

時間を掛けて、全ての文章をノートに写し終えると、手が痛くなった。閉じたり開いたりして痛みが退《ひ》くのを待っていると、先生が尋ねた。

「難しそうかい」

「いえ。解くことは解けました。——先生、ハサミをお持ちではありませんか？」

「もう解いたのかね。ハサミは部屋に戻ればあるから、取って来よう。——その前に、どんな仕掛けになっているのか、教えてくれないか」

三角形の天板に手をついて、先生は立ちあがった。

「適切な喩《たと》えかどうかは分かりませんが……例えば、紙面いっぱいに文章の書かれたハガキを考えてください。それを、小さな四角形に切り分けて、ぐしゃぐしゃに混ぜたとします。そうして、ぐしゃぐしゃの順番のまま、それぞれのパーツを合わせてハガキの形に並べてみても、最初の文章は判らないですね」

「そうだな」

「それがこっちの、鉄板のパネルの状態なのです。で、石板の方は、ぐしゃぐしゃになったパーツを、どの位置に持ってくれば元の文章が現れるか、ということを指定しているのです」

「複雑な絵合わせみたいなものか」

「そうですね」

先生は鉄板と石板を交互に見比べていたが、「じゃあハサミを取って来よう」と言って、芝生に踏み出した。

拝借したハサミを使って、鉄板の文章を写したノートのページを切り取った。鉄板一枚につき一ページ分、合計三枚の紙片ができる。

ここからは、まず右端の、三枚目の鉄板の文章で試してみる。

文章を各パーツに切り分け、ばらばらの紙片を四十九枚作った。それらのパーツを、石板で指定されている位置に置いてゆくと、意味の通る文章が少しずつ現れていった。

一枚目、二枚目の鉄板についても同じように、絵合わせパズルの要領で進めてゆくと、最初のと合わせて合計三枚の、不可思議なおとぎ話が現れた。内容的には、左の鉄板から順に、中央、右と読み進めていった方が、物語中の時間の流れに合っているようだった。

左から順に並べると。

るりいろにかがやくほうぎょくをさがすハチがおったとさ。ハチはともだちのカエルとウサギ、クマをつれてとびだした。むらのとしょかんへゆきしらべると、レンズという、ゆがんだガラスでできている、えんけいをしたへんなものがよんまいもひつようであるという。それからあめいろの、めにもまばゆいかがみがまたひつようだぞとかいてある。これにはさんにんとてもこまった。まよなかになるまでかんがえた。ハチはぶんぶんととび、はたけのしまにすむおしょうのてらへいった。そらははるのかぜであたたかかった。おしょうははなしをきくとつとたちあがりこういった。きみはぶつよくのためにまぶしきいしをみつけようとするのではないようだな。ちとそこにおれ。おしょうはりんしつからきのはことひもにすずのさがったてかがみをもってきた。これらをもつべし、そしてゆけ。ハチはれいをいってとしょかんにふうふうかえった。おもたかったが、うれしかった。みなこれをよろこんでむかえた。きばこのなかによんまいのレンズがはいっていた。カエルはたけをきってきてえいやとふしをぬき、つつをにほんつくった。それぞれのはしにレンズをはめて、いっぽんをウサギへわたす。クマはかがみをとってふたりのあいだにたつ。ハチはさて、すうととび、カエルのつつをのぞく。コガネムシがあちらにとまっている。そのさきに、きんこをみた。ユリイカりりんとふうりんがなった。おしょうはかきねのていれをしばしやすみ、むかしのしまのようすをおもう。いまでもしまはさんかくけいだが、あのすいりゅうはもうかれはのそこにねむり、そらをうずめていたあめふりのくももない。いまよりおしょうがずっとわかかったころ、かれはにしにすむすいりゅうをかれはのそこにふうじ、まつりのできなかったむらをたすけた。そのあとそらにあがり、りゅうがじゅつでてんきをあやつるためにうめこんだよんまいのあおいそしてまるいレンズをそらのはて、とうざい、なんぼくのくもよりとりだした。はたけのしまにすむむらびとたちはほほえみ、かんしゃした。りゅうはつぐないに、せからてかがみをとりいだし、おしょうにわたした。みずのりゅうは、いまもねむるかへとへとになったけれど、ハチたちはあのあおいいしをもってとしょかんにもどってきた。クマはせのびをし、カエルはクマのかたにのり、ハチはどうしようかかんがえたがけっきょくとびウサギははねながらしょかのせいとんをはじめた。ウサギがいう。ななめによむこともたまにはいいことさ。ハチがいう。あかいふうせんがとんでいたのさ。でもひだりむきにのぼっていくからまぼろしかともネ、おもったがぼくはきづいたんだ。かしいでとんでいるのはわたしなのだ。みぎむきに、かたむいていたんだ。こんどはクマのめいげん。ムムムそうかくちびるをとざしてほんのせいとんへしゅうちゅうすることがだいじだ。くちびるをひっつけることがわかれば、べつにしゃべってもさ、かまわないんだ。ただほんのはんごとの、ああそうさ。おおきさごとのじゅんばんはナかえてはいかんのだ。かえるのはもともとのいちだけでいい。カエルがいう。じゅうじろにはしらを。それからはもうだいじょうぶ。あおいいしがあればきっとまたいける。そばにゆくためハンドルまわせ読みにくい。
漢字を振り、読点も増やして文章を多少整えると、こうなる。

瑠璃色に輝く宝玉を探すハチがおったとさ。
ハチは友達のカエルとウサギ、クマをつれて飛び出した。
村の図書館へ行き、調べると、レンズという、ゆがんだガラスでできている、
円形をした変な物が、四枚も必要であるという。
それから飴色の、目にもまばゆい鏡がまた必要だぞ、と書いてある。
これには三人、とても困った。
真夜中になるまで考えた。
ハチはぶんぶんと飛び、畑の島に住む和尚の寺へ行った。
空は春の風で暖かかった。
和尚は話を聞くと、つと立ちあがり、こう言った。
きみは物欲のためにまぶしき石を見つけようとするのではないようだな。
ちと、そこにおれ。
和尚は隣室から木の箱と、紐に鈴の下がった手鏡を持ってきた。

これらを持つべし、そして行け。
ハチは礼を言って、図書館にふうふう帰った。
重たかったが、嬉しかった。
皆はこれを喜んで迎えた。
木箱の中に四枚のレンズが入っていた。
カエルは竹を切ってきて、えいやと節を抜き、筒を二本作った。
それぞれの端にレンズを嵌めて、一本をウサギへ渡す。
クマは鏡を取って、ふたりの間に立つ。
ハチはさて、すうと飛び、カエルの筒を覗く。
コガネムシがあちらに止まっている。
その先に、金庫を見た。
ユリイカ

りりんと風鈴が鳴った。
和尚は垣根の手入れをしばし休み、昔の島の様子を思う。
今でも島は三角形だが、あの水龍はもう、枯葉の底に眠り、
空を埋《うず》めていた雨降りの雲もない。

今より和尚がずっと若かった頃、彼は西に棲む水龍を枯葉の底に封じ、祭りのできなかった村を助けた。

その後、空に上がり、龍が術で天気を操るために埋め込んだ、四枚の、青い、そして丸いレンズを、空の果て、東西、南北の雲より取り出した。

畑の島に住む村人たちは微笑み、感謝した。

龍はつぐないに、背から手鏡を取りいだし、和尚に渡した。

水の龍は、今も眠るか

へとへとになったけれど、ハチたちはあの青い石を持って、図書館に戻ってきた。
クマは背伸びをし、カエルはクマの肩に乗り、
ハチはどうしようか考えたが、結局飛び、ウサギは跳ねながら、書架の整頓を始めた。
ウサギが言う。
斜めに読むことも、たまにはいいことさ。
ハチが言う。
赤い風船が飛んでいたのさ。
でも、左向きにのぼっていくから、幻かともネ、思ったが、僕は気づいたんだ。
傾《かし》いで飛んでいるのは私なのだ。

右向きに、傾いていたんだ。
今度はクマの名言。
ムムム、そうか、唇を閉ざして、本の整頓へ集中することが大事だ。
唇を引っ付けることが分かれば、別に喋ってもさ、構わないんだ。
ただ、本の版ごとの、ああそうさ。
大きさごとの順番はナ、変えてはいかんのだ。
変えるのは元々の位置だけでいい。
カエルが言う。
十字路に柱を。
それからはもう大丈夫。
青い石があれば、きっとまた行ける。
傍に行くため、ハンドル廻せ

たしかに文章としては読めるようになった。
だが、今度はその文意が解らなかった。

値上がりはしていたし、カップが変わって、量もすこし増えたようではあったが、いつものコーヒーに変わりはなかった。もっとも、コーヒーの味を判別できるほど舌が肥えているわけではないから、確かなことは言えなかった。

藤崎は浪人生活について、僕は大学生活について、ひとしきり喋った。僕が推理小説同好会に入会したと話したら、藤崎はいいところが見つかったねと言って笑った。皮肉ではなく本当にそう思ってくれたようである。そもそも藤崎は、皮肉嫌味の類を冗談としても口にしない。大学の話を浪人生にするのは正直なところ気が引けたが、藤崎の方が聞きたがっていたし、それなら話さないわけにもいかなかった。藤崎は、大学に入ったら登山サークルに入りたいと話した。志望校の中にはそういうサークルを有する大学もあるらしい。熱心に打ち込んでいたわけではなさそうだったが、中学も高校もバスケ部だったのだから、バスケサークルはどうなのかと尋ねると、もう飽きたと応えた。

カラコロンとベルが鳴った。会計を済ませた客が出て行ったのである。

扉が開いたとき風が入ってきて、店内の空気がゆるりと回った。ふうと香水の香りが漂った。どちらかというと甘い香りで、理由もなく、どこか哀しい香りだった。半年会わなかっただけなのに、その香りが随分と懐かしく思えた。だがそんなことを考えている自分が気色悪く思えて、すぐに、踏みにじるようにくだらない追想は塗り潰した。同じ香水をつけている人には、会ったことがない。

○

裏庭の芝生のうえに立って、ぼうっと辺りを見まわしているときに、暗号の解き方がふと分かった。雨はまだ降らなかったが、空はどんどん暗くなってきている。風が立って、雨の匂いがした。樹上の葉擦れと噴水の音だけが聞こえていた。

「先生、どこかに脚立はありませんか」

物置きから持ってきた脚立を、東屋の中に立ててのぼった。ドームの内側には青空が描かれている。中央には満面の笑みの太陽。縁のあたりには毛刈りを待つ羊のような白雲がめぐっている。東屋の入り口の、真上のあたりの雲を探ってみると、ペンキ塗りのザラザラした手触りの中に、四角く、木の部分があった。離れて見たときには、周りと同じ白色なので分からない。その四角い板の縁に爪を立ててみると、かっぽりと外れた。内側を探ると浅い空間があって、そこに、親指とひとさし指でちょうど囲めるほどの円周の、丸いレンズが一枚あった。ポケットに入れて脚立を降り、今度は入り口の向かい側にある白雲の中を探った。同じように板の部分があり、同じくらいの大きさのレンズが、同じように一枚隠されていた。

和尚が「畑の島」の上空、東西南北の雲から取り出したレンズというのは、これである。東屋のテーブルの天板は三角形を成している。これが、三角形状の「畑の島」を示しているのである。

東屋の出入口は真西を、その反対は真東を向いている。

北側の雲、南側の雲の中にもレンズはあり、四枚のレンズが揃った。

次は、龍の手鏡である。

テーブルが「畑の島」を表しているのであれば、そこから見て西に、水龍は住んでいることになる。

東屋の出入口の先——西の先にあるのは、噴水だった。

噴水に目を向けると同時に。

耐えられなくなって泣き崩れるように、ざあっ、と大粒の雨が降りはじめた。

「確かにそうだ。『絡繰心中《からくりしんじゅう》』の中に出てくる怪老婆のイメージというのは、黒澤明《くろさわあきら》監督の『蜘《く》蛛巣城《ものすじょう》』から来ていると内外の研究者も指摘している。けれどもね、私は最近、ふと思いついて『今昔物語集』を読みなおしているんだが、その巻二十三の第二十四話に「相撲人《すまひびと》大井光遠《おほゐのみつとほが》妹《いもうとの》　強力語《がうりきのこと》」というのがあるんだ」

先生は話しながら、急須から湯呑みにお茶を淹れている。たぶん、やり方はかなり自己流で、急須はけっこう大雑把に扱っているように見えるのだが、それでもお茶は、いつでも安定して美味しい。

「池田君は読んだことがあるかね」

湯呑みを手渡しながら先生は聞いた。

「ありがとうございます。――いえ。ありません。平安時代にまとめられた説話集、ということしか知りません」

「ふむ。読んでみるといい。大変面白いから」

先生はゴツゴツした湯呑みを大事そうに両手で持ちあげて、お茶を飲んだ。そうして、ほう、とも、ふぅ、ともつかない吐息をついた。今日の湯呑みは灰色である。先生は湯呑みコレクションの一部をガラス戸棚に並べていて、気分によって湯呑みを変える。

外は視界も霞むほどの土砂降りになっていた。

幸い、先生が蝙蝠傘を持っていたから、本館に戻るときには二人してそれに入り、あまり濡れなかった。もしなかったら、ずぶ濡れは避けられなかっただろう。

解読は自然、一時小休止となった。

「その、「相撲人大井光遠妹強力語《すまひびとおほゐのみつとほがいもうとのがうりきのこと》」という話はだね、大体のところ、こんな話なんだ。

相撲取りの妹さんという人が、ある日、賊に捕らえられて、屋敷の奥に人質にされていた。立て籠り犯の人質というわけだ。妹さんは若くて綺麗な人だったそうだけれども、この人は、しばらくの間、手で顔を覆っていた。だがやがて、手持ち無沙汰になったのか、転がっていた矢竹を拾って、それを片手で床に押し当てて、折って——折ってというよりは、すりつぶしてボロボロにして——遊びはじめた。この矢竹というのは大変に硬いもので、金槌でも使わなければ、そんなふうにボロボロにはできないものだそうだ。それをやすやすと、遊び半分で次々に押し潰している。賊は震えあがって逃げ出した。と、まあこういう話だ。一種の滑稽譚としても読める話だね」

「面白いですね。——たしかに、その妹さんの恐さは、『絡繰心中』の射目子《いめこ》のイメージに、本質的に重なるものですね。射目子も——あれは作りかけの竹傘の骨組みですが、折ってますからね」

「そうだろう。むしろ、こちらからの影響の方が、『蜘蛛巣城』の老婆よりも強いかもしれん。と、最近私はつらつら思っているんだ。もちろん、結局のところは、射目子は翔葉のオリジナルなキャラクターになっているわけだけれどもね」

窓際には、先生がベランダから避難させたオリーブの鉢植えが置かれている。枝葉についた水滴が少しずつ乾きはじめていた。

「それにしても」

しばらくして、湯呑みを置くと先生は言った。

「ちゃんと寝ているのかい。随分疲弊しているように見える」

「平気です。一応まだ若いので、体力はそれなりにあります」

先生は眉根を寄せてしかめっ面をつくった。そのままの表情で眼鏡を外し、仇敵にでも出会ったようなまなざしで、レンズの表面をしげしげと見つめた。

「体力があるのは結構だが、それは無理をしていい理由にはならない。きみはもっと健康に気をつけなくちゃいかんよ。熱中すると倒れるまでやりかねない気質だと思うからね」

話しながら、大判のハンカチでレンズを丁寧に磨き、眼鏡をかけなおした。

「お気遣い、ありがとうございます」

「本当だよ」

先生は背もたれに体重をあずけると、深く息をついた。

「ところで――どうして雪葉君は、きみに暗号を託したのだと思うね」

「僕に聞かれても分かりませんよ」

正直な感想だった。

先生は頬をさすっていたが、への字口のまま、何でもないことを話すようにこう言った。

「野暮な事を聞くようですまんけれど、きみたちは、何かその、恋愛的な間柄だったのかね」

「とんでもない。比較的よく喋る間柄でしたがただの友人です。だいたい僕ではつりあいません」

「きみはいつも、過度に自虐的なんだからいかん」

「事実です。藤崎はただの友人です。強いて言えば親友に近い友人です」

「親友でいいじゃないか」

「向こうはそうは思っていないかもしれない」

「はははは、なんだね、じれったい。そんなことを気にしたところで、どうもならんじゃないか。国どうしの協定じゃないのだから、いちいち親友かどうかに許可がいるというのはおかしい」

先生は湯呑みを取った。新しい茶を淹れ、湯気を吹きながら言った。

「きみが親友だと思うのなら、親友でいいのだ」

「そういうものですか」

「きみは竹中君のことは平気で親友だと言っていたじゃないか。別に許可をもらって親友と呼びはじめたわけじゃああるまい」

そう言われればそうだったような気がする。

「しかし。いずれにせよ、暗号を託された理由は分かりません」

話を強引に引き戻した。自覚できるほどに、僕は、いつも都合の悪いときにはこんなふうに話を逸らす。もしまだ残っていれば、お茶を飲むことでその場をごまかせたり、あるいは気の利いた返事を思いつく時間を確保できたかもしれない。しかしあいにく、もう湯呑みは乾いていた。

「そうか」

先生は自分の大きな湯呑みで、両手を温めていた。

ふいに過去が鮮明に視えた。僕はオーストラリアの港町を歩いていた。

夕暮れ。椰子並木。潮騒。かもめの影。淡い香水。

竹中たちはずっと先にもう見えない。

手をかして。


「池田君どこへ行くんだ」

先生を置き去りに僕は裏庭に出て噴水へ向かった。裏口の傘立てにあった誰のものか分からないビニール傘を借りた。

雨でも雪でもこの噴水が止まることはない。滝のように落ちる雨粒が水面を乱していた。腕を捲《まく》って水に手を入れた。中途半端に冷たい。枯葉と泥が溜まっているのが感触で判る。服が濡れたがどうでもよい。もうどうなってもよい。

泥の底には何もないようだった。場所を移して再び泥に手を入れる。傘を捨てた。雨が髪に沁みて額をつたって目に入る。すぐに目を開けられないほどになったが構わない。どうでもいい。枯葉をかき分ける。泥に手を突っ込む。何もない。場所を変える。

面倒になった。いったん石の囲いにあがって、そのまま水の中に降り立った。水中で泥が煙のように舞いあがる。靴から空気がぼこぼこ抜けた。浅い。水深は膝丈ほどもない。腰を屈めて両手を使い、枯葉と泥をかき分けた。服が水を吸って重くなる。もうどうでもいい。雨の音しか聞こえない。このまま雨に呑み込まれてしまいたいと思った。そうすれば世界は平和になる。あるいは雨粒が矢になって突き刺さってもいい。こんな馬鹿はそれぐらい罰せられて当然だ。忌ま忌ましい理性が反論した。雨はどうせいずれ止むし矢にも変わらない。

枯葉の下に何かある。水底に浮き彫りが施されている。目に見えるのは波紋が入り乱れる水面だけでも、手触りで龍だと判る。龍以外にはあり得ない。鱗がある。髭がある。角がある。牙がある。姿の見えない龍の背を探る。小さな冷たい、たぶん金属の輪っかが突き出ている。強く引いた。大きな蓋が持ち上がった。水が渦を巻いて吸い込まれてゆく。蓋を水中から出して見ると、四角い石の板だった。重い。鱗模様が彫り込まれている。鱗の隙間には泥が凝り固まっている。中央に銀色の輪っかがついている。龍の背の一部が取り外せたのだ。渦巻きをつくりながら水が抜ける。枯葉が見えた。自分の靴が見えた。泥だらけの龍の浮き彫りが現れた。背のところに四角い穴が開いている。そこに向かって水が流れていく。穴に手を入れる。何か細長いものが指に触れる。引き抜く。手鏡だった。

噴水の池から出た。身体が重い。服はもう、水を吸い込めるだけ吸い込んで、あちこちから水の糸を零している。ブロンズ像のひとつに目を向ける。篠突く雨でよく見えない。かろうじて形の影だけが見える。歩く。靴がギュコギュコ鳴った。歩くたびに水が滲み出てくる。

像の前に着いた。

T字の鉄棒が地面から突き出ている。その上に金属製のウサギが一匹、二本脚で立って踊っている。小鳥ほどの大きさである。その鉄棒の隣に大理石の円柱が立っていて、突端に小さな熊が両手を掲げている。ウサギの位置よりは低い。熊の円柱の隣にはT字の鉄棒がまた立っている。上で踊っているのは蛙である。よく見てみる。蛙とウサギの乗っている横向きの棒は、どちらも筒状になっていた。さらに表面に、竹のような節の模様がいれてあった。蛙の乗った筒の片端には、金属のミツバチが止まっていた。

蛙とウサギの筒は、上から見るとハの字状に設置されている。その狭い方の空間に、熊が両手を掲げている。熊の向こうに、逆さまに落ちて雨水を溜めているビニール傘が霞んで見えた。さっき捨てた傘である。

ポケットから四枚のレンズを取り出して、二本の筒の、それぞれの両端に嵌め込んだ。最後に手鏡を熊に持たせた。うまく嵌まるようにできていた。蛙とウサギが乗っている二本の筒は、二本の望遠鏡になる。

蛙の筒を、ミツバチの止まっている方から覗くと、熊の掲げる鏡に反射して、ウサギの筒の先にあるものが見える。だが雨でよく判らない。雨脚は強くなっていた。

仕方がないので覗くのをやめて、ウサギの筒から見えるはずの方向へ歩きはじめた。

水に浸った芝生の先には日時計があった。

桂の大木の真下にあるので、雨はしのげた。しのいだところで、ずぶ濡れの今となっては意味がない。雨はしのげても、晴れた日には陽の光も遮られる。ならばこの日時計は、日時計本来の使用目的には適さない位置に置かれていることになる。

東屋と同じく、白亜でできていた。文字盤には三角定規のような出っ張りがある。本来ならば、これに陽が当たることで影が時刻を示す。その三角定規のようなもののうえに、黄金虫が止まっていた。本物のように見えるが、石の彫刻に鍍金《めっき》を施したものだった。

しゃがんで、黄金虫の視線を追う。桂の大木の上方を凝視している。ひと抱えはある太い幹には、洞《うろ》があった。黄金虫の視線はそこを指している。

東屋から脚立を運んできて、頭がぎりぎり入らないほどの大きさの、その空洞を覗きこんだ。

洞の内部はかなり広い。

そこに、黒塗りの金庫が置かれていた。

取手の横に、金属のボタンが並んでいる。カタカナの五十音表である。ユ、リ、イ、カ、と押すと、奥の方でカタンと音が鳴った。扉は勝手に開いた。

銀色のハンドルが、金庫内部の奥の壁から突き出ていた。当たり前である。

ハンドルに彫り込まれた稲妻形の記号は、もう手帳で確認しなくても読めた。

LEFT TWO

左に二周廻すと、ハンドルは止まった。

雫を落とす枝葉の向こうから、雨を透かして鐘の音が渡ってきた。

雨と、酷くよく馴染む音だった。

前回よりも、音階は低い。

ハンドルの手前に、鍵が一本置かれていた。中指ほどの長さの、たぶんステンレス製の鍵である。持ち手の部分に、ジェリービーンズのような青い石が嵌め込まれていた。「瑠璃色に輝く宝玉」である。

その鍵を手に持ったまま、桂の樹の下で、脚立に腰かけて、うつむいて鐘の音を聴いていた。五回鳴ると、鐘の音は止まった。最後の余韻が消え去ると、あとは雨音だけになった。

八、整理

Ⅲ　僕の書斎とアキム・F氏

私は普段、書斎に客人を通さない。これは何かしら孤高で崇高な理由による拒絶なのではなく、ただ自尊心を逆なでされたくないからである。私は、まだ若く、今よりも視野が錐《きり》のように尖っていて狭かった頃に、パリへ留学したことがある。そこで経験した事は今日の話には何の関係もない。だから話さないが、結局私はパリを逃げ出すことになった。そして奇妙な現象が起こった。私のフランス語は、たぶん向こうの道端に暮らす身寄りのない猫たちよりも下手で拙《つたな》い代物だったにも関わらず、履歴書に「パリ大学に留学経験あり」と書けてしまうのである。そして人は、その文字に甚《いた》く感心する様子なのである。

話を書斎に戻すと、私の書斎を一目見たいなどと語る人たちが、私の書斎に対して勝手に期待していることは、洋書が整然と並び、広い机と快適な肘掛け椅子の置かれている、学者然とした書棚であり部屋なのである――のだと思う。だから私が正真正銘、本当の書斎にその人たちを案内しようものなら、その人たちは正直がっかりするのである。なぜなら、私は洋書なんて読まないし、部屋は狭く、なおかつ机も彼らの予想よりは小さく、肘掛け椅子は軋むからである。でもその書斎を好きになってくれる人もいる。今回は前置きが長くなった。

アキム・F氏は僕のありのままの書斎を好いてくれる数少ない友達の一人です。

僕の書斎は家の中でもずっと奥の方にあります。防音の壁になっているので、とても静かな場所です。しかし以前には、樫の扉の向こう、廊下の遠くから、トテトテと足音が近づいてくることがしばしばありました。その足音がわが親友でないはずはありません。

まだ文字が読めなかった頃のアキム君が好きだったのは、氏の琴線に触れる挿絵の載った本を、手当たり次第に棚から引っ張り出し、床に広げて並べ置くことでした。押さえていないとひとりでに閉じてしまう本には、別の、比較的重たい本を出してきて、文鎮の代用としていました。並べ終わると氏は立ちあがります。得意そうに微笑み、しばし広げた本を見渡し、それから「あとはよろしく」とばかりに、樫の扉の向こうに消えます。

実は最初のうち、いくら親友のすることであっても、僕は氏の行動をやや厳しいまなざしで眺めていました。ほんの少し不平を述べたこともあります。けれども氏は、少なくとも意図的に悪意をもって本を破いたりはしませんでしたし、いつも、少々独特の作法ではありましたが、丁重に本を扱い、愉しんでいました。親友の心からの愉しみを止められるほど、僕には度胸などありません。でも、広げた本については、自分で片付けてもらうようになりました。

読める文字が増えていくにつれて、氏は挿絵の周りに印刷されている文字を、まるでエジプトの遺跡に遺された記号を解読する学者のように、丹念に追いかけるようになりました。そんな時、氏は陽の光の差している比較的明るい場所にぺたりと座って、膝の上に広げた大判の本に、顔をうずめるようにして読みます。僕は氏が猫背になってしまわないかと思って、随分と心配をしたものです。


僕は一度、氏をひどく傷つけてしまったことがあります。氏はその頃、小学三年生でした。当時のアキム君には、本を読む中で気に入った台詞《せりふ》や文章が見つかったら、それを音読するという癖がありました。その日、僕は机に着いて書き物をしていて、氏は壁際の、ふかふかした青いクッションの上に陣取って、本を読んでいました。

後ろからこんな小声が聞こえてきました。

「コンニャク、ひとつぶ、めしあがれ」

蒟蒻芋《こんにゃくいも》を加工して作られるコンニャクは、一般的には厚みの足りない煉瓦のような形状で売られています。郷土料理には玉コンニャクというものもあり、こちらは球状で、たしかに「ひとつぶ」という表現に適しています。が、そのとき氏の読んでいた小説は、イギリスの作家がイギリスを舞台に書いた物語でしたから、玉コンニャクは勿論、より広く認知されている板コンニャクであっても、登場するとは思えません。

氏は何かしら、漢字の読み間違えをしているようなのです。

わが親友は、習っていない漢字や、まだ意味を知らない熟語が多く並んでいる本であっても、ルビさえ振ってあればどんどん読み進めてしまう、勇敢で熱心な読書家でした。しかし今回氏の選んだ本には、どうやらルビが振られていなかったと思われます。

僕はペンを置いて、立ちあがって氏のそばに座りなおしました。氏が背を丸くして没頭している横から、手元の本を覗くと、

「葡萄を一粒召し上がれ」

と書かれていました。

「これはコンニャクじゃなくて、ブドウだね。『ブドウをひとつぶめしあがれ』なんだ」

おそらく氏はどこかで、ルビの振ってある「蒟蒻」という漢字に出会ったことがあったのでしょう。ブドウを表す「葡萄」という漢字は、見ようによっては「蒟蒻」と似ているように思われます。それで、勘違いが生じてしまったのでしょう。

僕はそれを丁重に、氏の尊厳を傷つけないように気をつけて諭したつもりでした。しかし、その時にほんの少しだけ、氏の愛らしい間違いに対して、悪意のない微笑みを浮かべてしまったようなのです。氏はその微笑みを、僕が氏の間違いを囃《はや》し立てている、冷笑しているのだと誤解してしまいました。弁解しても、信じてくれません。この誤解が解けるには、四時間ほどの——

僕にとっては人の一生分よりも長く感じられるほどの――長い長い時間が必要でした。
僕は児童心理学の専門家ではありませんし、心理学の講義をまともに聴講したことさえありません。でも、時々思うのは、大人から見れば全然大したことのない問題や間違いや勘違いであっても、それを指摘されると、幼い子は、過剰といってもよいほどに恥ずかしく感じてしまう場合がある、ということです。

僕は、僕の書斎に大きな愛着をもっています。けれども今日ではたぶん、アキム君の方が、僕よりも愛着をもってくれています。数か月に一度、本棚の整頓をする日に、喜んで手伝ってくれるのはアキム君ひとりだけです。僕は、本の並べ方にはこだわりがありません。けれども氏は独自の美学をもっていて、必ず大きさ順に並べます。棚の一段の中で、本の高さが左から右にゆくにつれて段々と低くなっていなければ、氏は承知しないのです。氏の美学はおそらく、アニメーション映画の『ケムルリアンと赤い帽子』に登場するお城の図書室から大きな影響を受けたのだと思われます。あの映画に登場する本棚には、動物の彫刻が施されていてとても素敵なのですが、もしかすると近いうちに、氏が彫刻刀で棚を削りたいと言い出すのではないかと、僕はひそかに心配しています。

＊＊＊

先生は何も聞かずにシャワー室を使わせてくれた。

図書館にこんな設備があるのは不思議だが、災害時には避難場所の一つに指定されているため、そう考えると気の利いた設備である。普段使われることはないらしいが、綺麗に掃除がされていた。着替えはないので、大きなバスタオルを服のようにぐるぐると巻いた。インドのサリーのようだった。濡れた服は、電熱ヒーターで乾かしている。

先生はお茶を淹れてくれた。僕は妙にさっぱりした気分になっていたが、底の方で一度拡がりはじめた憂鬱の根は、まだまだ伸びていくようだった。

「ご迷惑をお掛けしてしまって、申し訳ないです。ヒーターまで引っ張り出してもらって」

「いいんだ。私が立ち入ったことを聞いてしまったのが悪かった」

「いえ。僕が悪いんです」

先生の問いは、思い出すきっかけになっただけである。

湯呑みから湯気が、ゆるい渦を巻きながらぼうっと立っていた。

修学旅行のとき、竹中たちに遅れて、僕は藤崎と二人で歩いていた。

砂浜と、海と、夕暮れが見えていた。

椰子の木の並木道は、砂浜沿いにまっすぐ、どこまでも続いている。造りものめいた、出来すぎた風景だった。が、現地の人たちにとっては、日常の景色である。

歩きながら藤崎が言った。

「手をかして」

手相でも見るのかと思って、右の手のひらを上に向けて差し出すと、藤崎は左手をかぶせて握り、そのまま当たり前のように下に降ろして、手を繋いだまま歩き続けた。こちらを見もしなかった。

ざあと鳥肌がたった。嫌悪の鳥肌ではない。しかし、嬉しさによるものだと簡単に言いきることもできなかった。ただ、驚いていた。手汗が心配になったが、幸い僕の手のひらはカラカラに乾燥していた。それならそれで、乾燥してパサついた手は気持ち悪く思われないかと気になった。

不安のまま歩いた。椰子並木も砂浜も海もカモメも、僕には何も見えなくなっていた。

気がつくと、陽が沈んでいた。街明かりが幻のように美しかった。

しばらく行くと、道の先にキッチンカーが見えてきた。アイスクリーム屋だった。店の前に、ふたつの人影が見えた。竹中と高橋だった。白い簡易テーブルに着いて、カップアイスを食べている。僕たちを待っていたのだろう。竹中がこちらに顔を向けるのと同時に、僕は、右手を振りほどくようにして離した。藤崎はそのとき初めてこちらを見たが、何も言わなかった。

以降、二度とそんな事はなかった。

たぶん、僕はあの時、手を離すべきではなかったのだ。見られたからといってなんだろう。しかも相手は竹中たちである。喜びこそすれ、冷笑を寄越すようなことはあり得ない。恥ずかしさから離すにしても、離し方が誤解を生んでしまったのかもしれない。もしかすると、彼女を傷つけてしまったかもしれない。

また、それとは別に、自分などでは絶対につりあわないという思いも、確かにあった。

自己嫌悪は大学に入ってから形成されたとばかり考えていたが、違ったらしい。

しかしこんな事は、傍《はた》から見れば取るに足らない話である。たぶん、ざらにある話なのだろう。それなのに僕は、その事実をなかったことにしようとしていた。故意に忘れようとしていた。あの出来事さえなければ、僕は藤崎を傷つけたことはない、と容易に嘘をつくことができるからだ。もちろんそれは欺瞞である。あの時に限らず、僕の発言や行動が知らぬ間に彼女を傷つけた可能性は充分にある。けれども、実際にそうなってしまった可能性が最も高い出来事は、やはり、あの時だった。

そして、なかったことにすればまた、自分の殻に閉じ籠ったままでいることもできた。

他者と深い繋がりを持つのが恐かった。

今まで通り独りなら、誰も傷つけず、誰からも傷つけられない。

要するに僕は底抜けの馬鹿だ。

独りが好きだというのも嘘だ。

なぜなら、独りがいい、独りがいいと言いながら、僕はその一方で、本当は藤崎と、心の深い繋がりを持ちたいと思っていたからである。が、そんなことを思うとすぐに、お前ではつりあわないという声が鼓膜を強く揺すった。

この繰り返しである。

あるいは、この繰り返しを避けるために、僕はあの時の記憶を忘れようと努めたのかもしれない。


服が乾くと礼を言って、ビニール傘を借りて帰った。

まだ八時にもならないうちに、布団をかぶって寝た。

寝付けるわけがなかった。

だからといって起きていれば、苦い記憶は繰り返し何度でも蘇った。テレビは見る気になれなかった。本も読む気になれなかった。スマホは壊れている。壊れていなくても見る気はない。何もしたくなかった。ただ横になっていた。

何か別のことを考えなければならないと思った。議題はこの際、なんでもよい。


あの暗号は、なぜつくられたのだろうか。

「暗号を解読する」という行為は、そのままでは意味の通らない記号や数字の羅列を、理解できる、意味の通る形に変換するための「法則性を見つける」行為であると言える。そういう意味において、暗号解読は科学と似ている。

ふつう、暗号は通信内容を他者に知られないようにするために用いられる。だから、暗号を解くキーワードやからくりや法則性は、厳重に隠されるものである。正当な受信者以外の者がそれを傍受し、解読しようとすれば、例えば高精度なコンピューターを使って、キーワードを無理やり引っ張り出さなければならなかったりする。

しかし、桂の森図書館の暗号の場合、解読のためのキーワードやからくりは、比較的見つけやすいところにある。光学に関する知識が必要とされる場合もあったが、それも別に、内容的には初歩レベルのもので、とりたてて専門的な知識が必要なわけではなかった。仮に、光学などまったく知らない者が解こうとしたとしても、辞書もあればインターネットもあるのだから、調べながら考えれば、解くことは誰にでもできただろう。


解かれることを望んでいるのだろうか。

それならば、暗号など最初からつくらなければよいだろう。

解かれてほしくないのだろうか。

それならば、もっと厳重な暗号をつくるはずである。あるいはやはり、暗号など最初からつくらなければよかったのだ。

ただの遊び心なのだろうか。

それならば、もっと多くの人たちが楽しめるように、暗号が存在することを最初から公にしていたはずである。

解かれることには無関心なのだろうか。暗号をつくること自体に、何か意味があったのだろうか。

ならば、その意味は何なのか。

解いた先には何があるのだろうか。あるいは何もないのだろうか。

藤崎は僕に、何を頼んだのだろうか。

僕は、何を引き受けたのだろうか。

充分な睡眠をとり、充分な食事を摂っても、気分が回復するとは限らない。先生に電話を入れて、翌日一日は休ませてもらった。何もしたくなかった。立ちあがりたくもなかった。あれだけ雨に当たったのに、幸い、体調は崩れなかった。

春は天気がよく変わる。天気予報が外れることもままある。昨夜は、今日も雨が続くと言っていたのに、朝起きて見ると、雲は多いが、カラリと晴れていた。

昼過ぎになって、ようやく起きあがる気になれた。

コーヒーを淹れて、久しぶりに縁側に出てみた。コーヒーは意味もなく湯呑みに入れた。ガラス戸を開けると風が入ってくる。祖母の植えたチューリップが、庭の隅に凛と立っていた。あの雨にも花びらは散らなかったようである。あるいは、この辺りはそれほど強く降らなかったのかもしれない。

畑があって、隣家の田圃があって、山が見える。

鶯が鳴いた。春を賞讃するような、伸びやかな声である。それなのに酷く虚しく聴こえた。

昼は祖母と親子丼を作って食べた。

夜は父母と祖母と、一緒に出かけて、隣町で天ぷら蕎麦を食べて、本屋を見てから帰った。


翌日の昼過ぎに図書館へ行き、管理人室で先生と落ち合った。

次の暗号は解けていた。東屋のテーブルの石板、三枚目の暗号である。

二階の東側、第四閲覧室へ向かった。

北側の窓の傍らに、三台の書架が並んでいる。ガラス戸の付いた、木製の立派な書棚である。もともと翔葉の書斎に並んでいた本の三分の一ほどが、ここに移されてある。一つ一つの棚が大きく、横に広いため、三台で足りるのである。段数はそれぞれ違い、左から八段、六段、七段となっていた。

並んでいる本には、全集や辞典、百科事典の類が多い。ブリタニカ百科事典。大辞林。大辞海。広辞苑。森鷗外全集。夏目漱石全集。江戸川乱歩全集。安部公房全集。青野さつき自選集。中井英夫作品集。翔葉自身の作品集もあった。翔葉全集は死後に出版されたため、ここには置かれていない。
書棚には三台とも、凝った装飾が施されていた。棚の天板、側板、底板の、正面を向いている面がそれぞれ幅広に取ってあり、そこに彫刻が施されているのである。植物と鳥が多い。爬虫類もいる。カメレオンの伸びた舌が、葉上の蠅をめがけてまっすぐに向かっている。蛇が葡萄の木の枝に絡まって休んでいる。同じ枝の先には、なぜか人の頭蓋骨がある。魚もいれば、虫もいる。月もあれば太陽もある。彫刻のない部分はなかった。

三枚目の石板の中の、

ななめによむこともたまにはいいことさ。

という文章を、石板の暗号、三枚全体に適用する。
すると、一枚目の暗号の、左下から右上にかけて、

からすはしやれこうべにとぶ
つるはよぞらへとびさる

二枚目では、

かわせみはうおをとり
すずめはかまきり

三枚目では、

せきれいはあさひへむかい
かささぎはどせいへ

と読める。

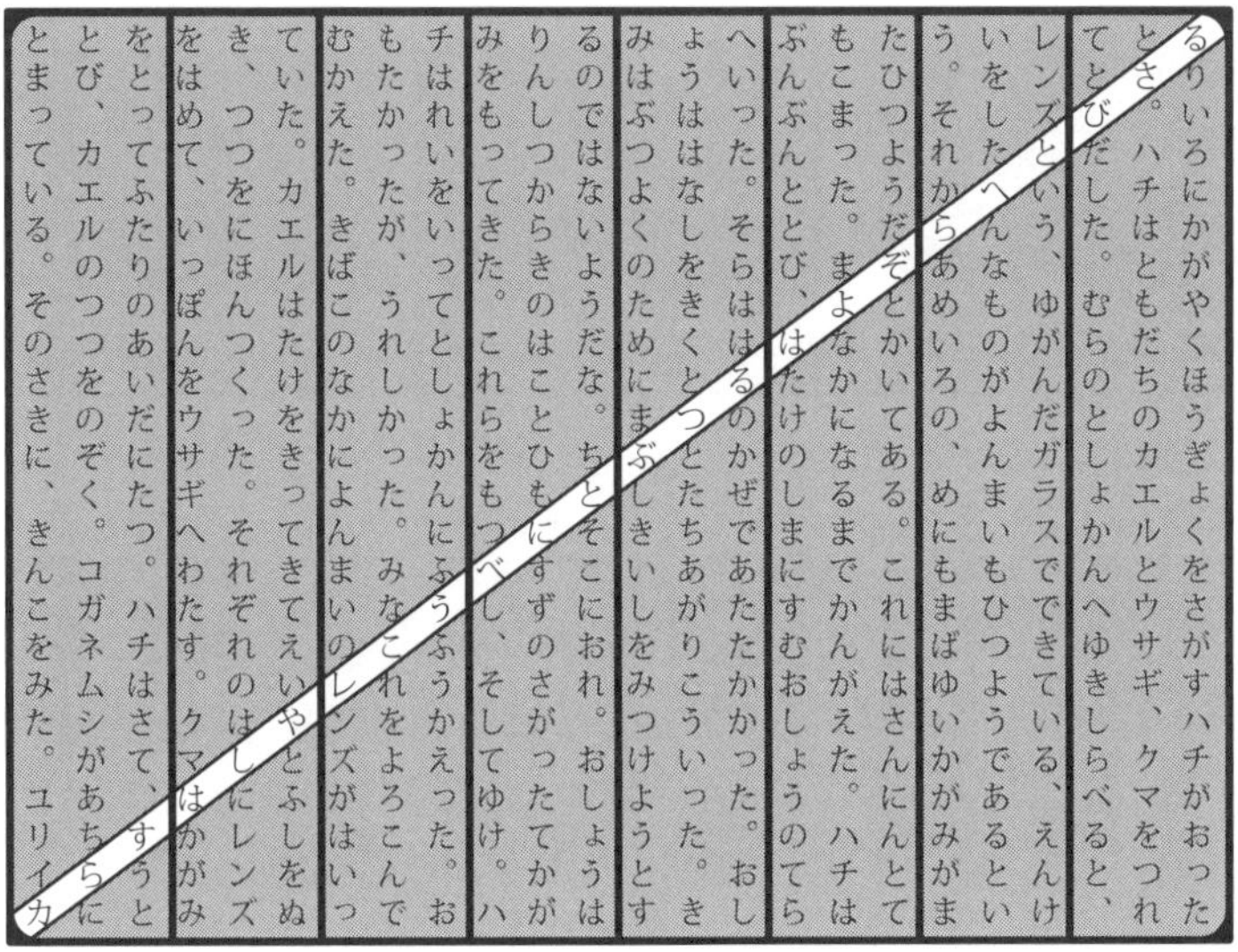
るりいろにかがやくほうぎょくをさがすハチがおった
とさ。ハチはともだちのカエルとウサギ、クマをつれ
てとびだした。むらのとしょかんへゆきしらべると、
レンズという、ゆがんだガラスでできている、えんけ
いをしたへんなものがよんまいもひつようであるとい
う。それからあめいろの、めにもまばゆいかがみがま
たひつようだぞとかいてある。これにはさんにんとて
もこまった。まよなかになるまでかんがえた。ハチは
ぶんぶんととび、はたけのしまにすむおしょうのてら
へいった。そらははるのかぜであたたかかった。おし
ょうははなしをきくとつとたちあがりこういった。き
みはぶつよくのためにまぶしきいしをみつけようとす
るのではないようだな。ちとそこにおれ。おしょうは
りんしつからきのはことひもにすずのさがったてかが
みをもってきた。これらをもつべし、そしてゆけ。ハ
チはれいをいってとしょかんにふうふうかえった。お
もたかったが、うれしかった。みなこれをよろこんで
むかえた。きばこのなかによんまいのレンズがはいっ
ていた。カエルはたけをきってきてえいやとふしをぬ
き、つつをにほんつくった。それぞれのはしにレンズ
をはめて、いっぽんをウサギへわたす。クマはかがみ
をとってふたりのあいだにたつ。ハチはさて、すうと
とび、カエルのつつをのぞく。コガネムシがあちらに
とまっている。そのさきに、きんこをみた。ユリイカ

りりんとふうりんがなった。おしょうはかきねのていれをしばしやすみ、むかしのしまのようすをおもう。いまでもしまはさんかくけいだが、あのすいりゅうはもうかれはのそこにねむり、そらをうずめていたあめふりのくももない。いまよりおしょうがずっとわかかったころ、かれはにしにすむすいりゅうをかれはのそこにふうじ、まつりのできなかったむらをたすけた。そのあとそらにあがり、りゅうがじゅつでてんきをあやつるためにうめこんだよんまいのあおいそしてまるいレンズをそらのはて、とうざい、なんぼくのくもよりとりだした。はたけのしまにすむむらびとたちはほほえみ、かんしゃした。りゅうはつぐないに、せからてかがみをとりいだし、おしょうにわたした。みずのりゅうは、いまもねむるか

へとへとになったけれど、ハチたちはあのあおいいしをもってとしょかんにもどってきた。クマはせのびをし、カエルはクマのかたにのり、ハチはどうしようかかんがえたがけっきょくとびウサギははねながらしょかのせいとんをはじめた。ウサギがいう。ななめによむこともたまにはいいことさ。ハチがいう。あかいふうせんがとんでいたのさ。でもひだりむきにのぼっていくからまぼろしかともネ、おもったがぼくはきづいたんだ。かしいでとんでいるのはわたしなのだ。みぎむきに、かたむいていたんだ。こんどはクマのめいげん。ムムそうかくちびるをとざしてほんのせいとんへしゅうちゅうすることがだいじだ。くちびるをひっつけることがわかれば、べつにしゃべってもさ、かまわないんだ。ただほんのはんごとの、あそうさ。おおきさごとのじゅんばんはナかえてはいかんのだ。かえるのはもともとのいちだけでいい。カエルがいう。じゅうじろにはしらを。それからはもうだいじょうぶ。あおいいしがあればきっとまたいける。そばにゆくためハンドルまわせ

三枚目の石板の暗号では、斜めに読むというくだりの後に、赤い風船の話が出てくる。蜂は、風船が左に向かって昇ってゆくのを見るが、それは自分が右に傾いて飛んでいたからなのだと気がつく。これを、三枚の暗号全体に敷衍して考えてみる。すると、今見ている形は、最初から左に傾いている状態である、ということになる。ちょうど、風船が左に傾いて見えているように。だから、三枚をそれぞれ、右回りに九十度回す。

次は熊の台詞である。

くちびるをとざしてほんのせいとんへしゅうちゅうすることがだいじだ。
くちびるをひっつけることがわかれば、べつにしゃべってもさ、かまわないんだ。

これは、発音のとき、「唇を閉じなければ発音できない文字」を選び取れという意味である。唇を閉じなければ発音できないのは、ま行、ば行、ぱ行に含まれる文字である。

そうすると。

へとへとになったけれど、ハチたちはあのあお
いいしを**も**ってとしょかんに**も**どってきた。ク
マはせの**び**をし、カエルはク**マ**のかたにのり、

ハチはどうしようかかんがえたがけっきょくと
びウサギははねながらしょかのせいとんをはじ
めた。ウサギがいう。なな**め**によ**む**こと**も**た**ま**

にはいいことさ。ハチがいう。あかいふうせん
がとんでいたのさ。で**も**ひだり**む**きにの**ぼ**って
いくから**ま****ぼ**ろしかと**も**ネ、お**も**ったが**ぼ**くは

きづいたんだ。かしいでとんでいるのはわたし
なのだ。**み**ぎ**む**きに、かた**む**いていたんだ。こ
んどはク**マ**の**め**いげん。**ムムム**そうかくち**び**る

をとざしてほんのせいとんへしゅうちゅうする
ことがだいじだ。くち**び**るをひっつけることが
わかれ**ば**、**べ**つにしゃ**べ**って**も**さ、か**ま**わない

んだ。ただほんのはんごとの、ああそうさ。お
おきさごとのじゅん**ば**んはナかえてはいかんの
だ。かえるのは**も**と**も**とのいちだけでいい。カ

エルがいう。じゅうじろにはしらを。それから
は**も**うだいじょう**ぶ**。あおいいしがあれ**ば**きっ
と**ま**たいける。そ**ば**にゆくた**め**ハンドル**ま**わせ

3枚目

りりんとふうりんが
かきねのていれをし
のし**ま**のようすをお

はさんかくけいだが
もうかれはのそこに
めていたあ**め**ふりの

りおしょうがずっと
れはにしにす**む**すい
こにふうじ、**ま**つり

をたすけた。そのあ
ゅうがじゅつでてん
う**め**こんだよん**ま**い

いレンズをそらのは
ぼくのく**も**よりとり
まにす**むむ**ら**び**とた

しゃした。りゅうは
てかが**み**をとりいだ
した。**み**ずのりゅう

目

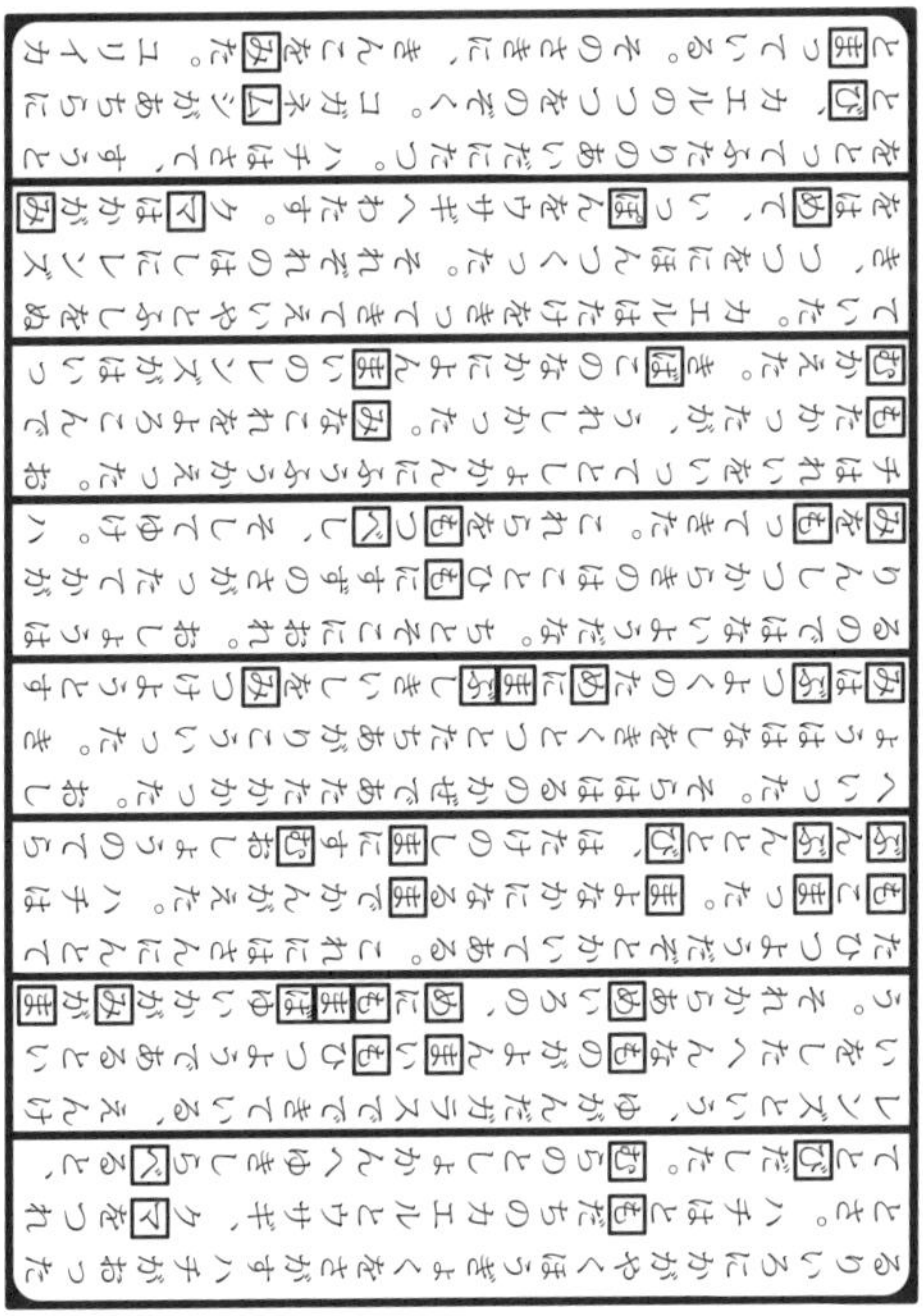

1枚目

2枚

三枚の石板は三台の書棚に対応している。

縦向きにすると、順に八段、六段、七段となるが、書棚の段数もそうなっている。

暗号の一文字は、本二冊分に対応している。

例えば一枚目の暗号は、横が二十四文字で揃えられている。この暗号に対応する左端の書棚を見ると、各段にきっちり四十八冊の本が納められている。同様に、二枚目の暗号は横が全て十八文字であるが、書棚の方は各段三十六冊になっている。三枚目の暗号では二十一文字であるため、書棚は一段につき四十二冊である。

次は、印をつけた文字である。

暗号は各段、縦三文字になっているが、印をつけた文字が含まれているのは、その二行目までで、一番下の行にはどの段を見ても含まれていない。

この印は、その位置に置く「本の高さ」を指定している。

すなわち。

全集と一口に言っても、夏目漱石全集と森鷗外全集では本の高さが異なる。漱石全集の方が低い。本の大きさが違うのである。だから、仮に、書棚の一段の中に漱石全集と鷗外全集の二種類しか並んでいないとすれば、本の高さは二種類、ということになる。漱石全集の並ぶ中に、一冊だけ鷗外全集が入っている場合でも同様に、その段における本の高さは二種類である。もしもここに違う種類の本、例えば青野さつき作品集の一冊を入れると、これも高さが異なるため、その段の本の高さは三種類になる。

こうしたことを踏まえて、三台の書棚を見る。

すると、どの棚のどの段を見ても、本の高さは三種類以上はないことが判る。高いものと低いものの二種類だけか、あるいは高いものと中くらいのものと低いものの、三種類である。

反対に、高さがすべて揃っている段もない。

し	て	し			い	う	ゅ	を	こ	れ	り			は	の	か	り
た	か	ゃ	に	く	レ		う	た	に	は	お	て	う	さ	し	き	り
°	が	し	す	の	ン	こ	が	す	ふ	に	し	い	か	ん		ね	ん
		た		く	ズ	ん	じ	け	う	し	ょ	た	れ	か	の	の	と
ず	を	°			を	だ	ゅ	た	じ	に	う	あ	は	く	よ	て	ふ
の	と	り	ら	よ	そ	よ	つ	°	、	す	が		の	け	う	い	う
り	り	ゅ		り	ら	ん	で	そ			ず	ふ	そ	い	す	れ	り
ゆ	い	う	と	と	の		て	の	つ	す	っ	り	こ	だ	を	を	ん
う	だ	は	た	り	は	い	ん	あ	り	い	と	の	に	が	お	し	が

目

と	は	エ	だ	お	ん	わ	こ	を	ん	な	き	い	が	に			ハ		い	へ
		ル	°	き	だ	か	と	と	ど	の	づ	く	と	は	た	ウ	チ	は	い	と
た	う	が	か	さ	°	れ	が	ざ	は	だ	い	か	ん	い	°	サ	は	せ	し	へ
い	だ	い	え	ご	た		だ	し	ク	°	た	ら	で	い	ウ	ギ	ど	の	を	と
け	い	う	る	と	だ	、	い	て			ん		い	こ	サ	は	う			に
る	じ	°	の	の	ほ		じ	ほ	の	ぎ	だ		た	と	ギ	は	し	を	っ	な
°	ょ	じ	は	じ	ん	つ	だ	ん			°	ろ	の	さ	が	ね	よ	し	て	っ
そ	う	ゅ		ゅ	の	に	°	の	い	き	か	し	さ	°	い	な	う	、	と	た
		う	と	ん	は	し	く	せ	げ	に	し	か	°	ハ	う	が	か	カ	し	け
に	°	じ			ん	ゃ	ち	い	ん	、	い	と	で	チ	°	ら	か	エ	ょ	れ
ゆ	あ	ろ	と	ん	ご			と	°	か	で			が	な	し	ん	ル	か	ど
く	お	に	の	は	と	っ	る	ん		た	と	ネ	ひ	い	な	ょ	が	は	ん	、
た	い	は	い	ナ	の	て	を	へ			ん	、	だ	う		か	え	ク	に	ハ
	い	し	ち	か	、		ひ	し		い	で	お	り	°	に	の	た			チ
ハ	し	ら	だ	え	あ	さ	っ	ゅ	そ	て	い			あ	よ	せ	が	の	ど	た
ン	が	を	け	て	あ	、	つ	う	う	い	る	っ	き	か		い	け	か	っ	ち
ド	あ	°	で	は	そ	か	け	ち	か	た	の	た	に	い	こ	と	っ	た	て	は
ル	れ	そ	い	い	う		る	ゅ	く	ん	は	が	の	ふ	と	ん	き	に	き	あ
		れ	い	か	さ	わ	こ	う	ち	だ	わ			う		を	ょ	の	た	の
わ	き	か	°	ん	°	な	と	す		°	た	く	っ	せ	た	は	く	り	°	あ
せ	っ	ら	カ	の	お	い	が	る	る	こ	し	は	て	ん		じ	と	、	ク	お

3枚目

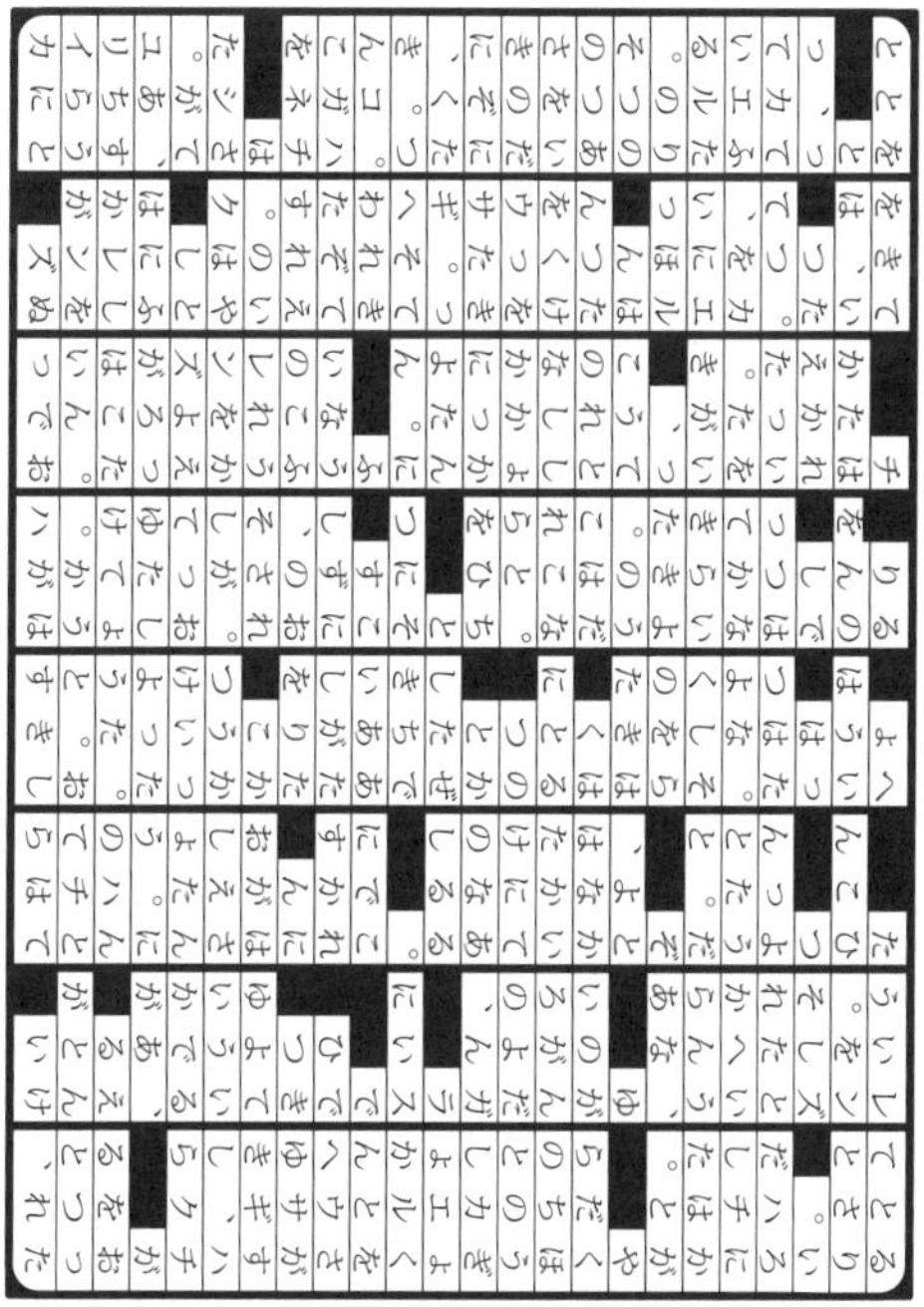

1枚目

2枚

一枚目の暗号を見る。

最上段には、左から七列目に「みム」の二文字が、右から二列目に「まび」の二文字が縦に並んでいる。

暗号と対応する左端の書棚の、一番上の段を見る。

四十八冊の本が並んでいる。右端の四冊は背が低い。

この四冊を移動させる。

まず四冊のうち、左の二冊を取り出す。

それを左から十三冊目、十四冊目の位置に置く。このとき、もともとその位置にあった本は、移動してきた二冊の本と場所を入れ換えるのではなく、全体を右にずらして隙間を空けて、そこに背の低い二冊を納めるのである。


おおきさごとのじゅんばんはかえてはいかんのだ。

かえるのはもともとのいちだけでいい。


というのは、そういう意味である。

同様に、残りの二冊を左から四十五、四十六冊目の位置に置く。

これを三台の書棚の、各段に対しておこなう。

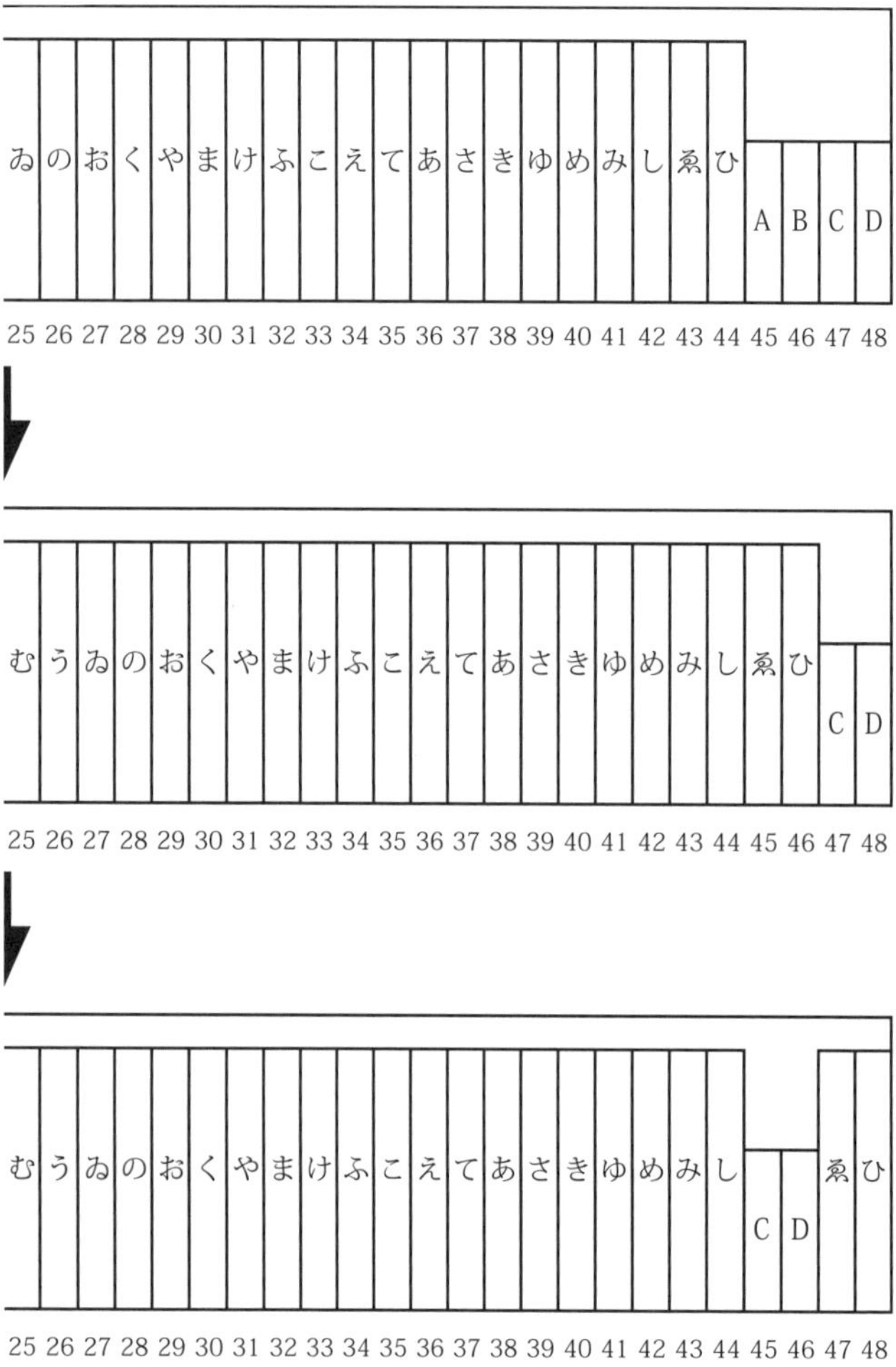
ゐ の お く や ま け ふ こ え て あ さ き ゆ め み し ゑ ひ A B C D
25 26 27 28 29 30 31 32 33 34 35 36 37 38 39 40 41 42 43 44 45 46 47 48
む う ゐ の お く や ま け ふ こ え て あ さ き ゆ め み し ゑ ひ C D
25 26 27 28 29 30 31 32 33 34 35 36 37 38 39 40 41 42 43 44 45 46 47 48
む う ゐ の お く や ま け ふ こ え て あ さ き ゆ め み し C D ゑ ひ
25 26 27 28 29 30 31 32 33 34 35 36 37 38 39 40 41 42 43 44 45 46 47 48

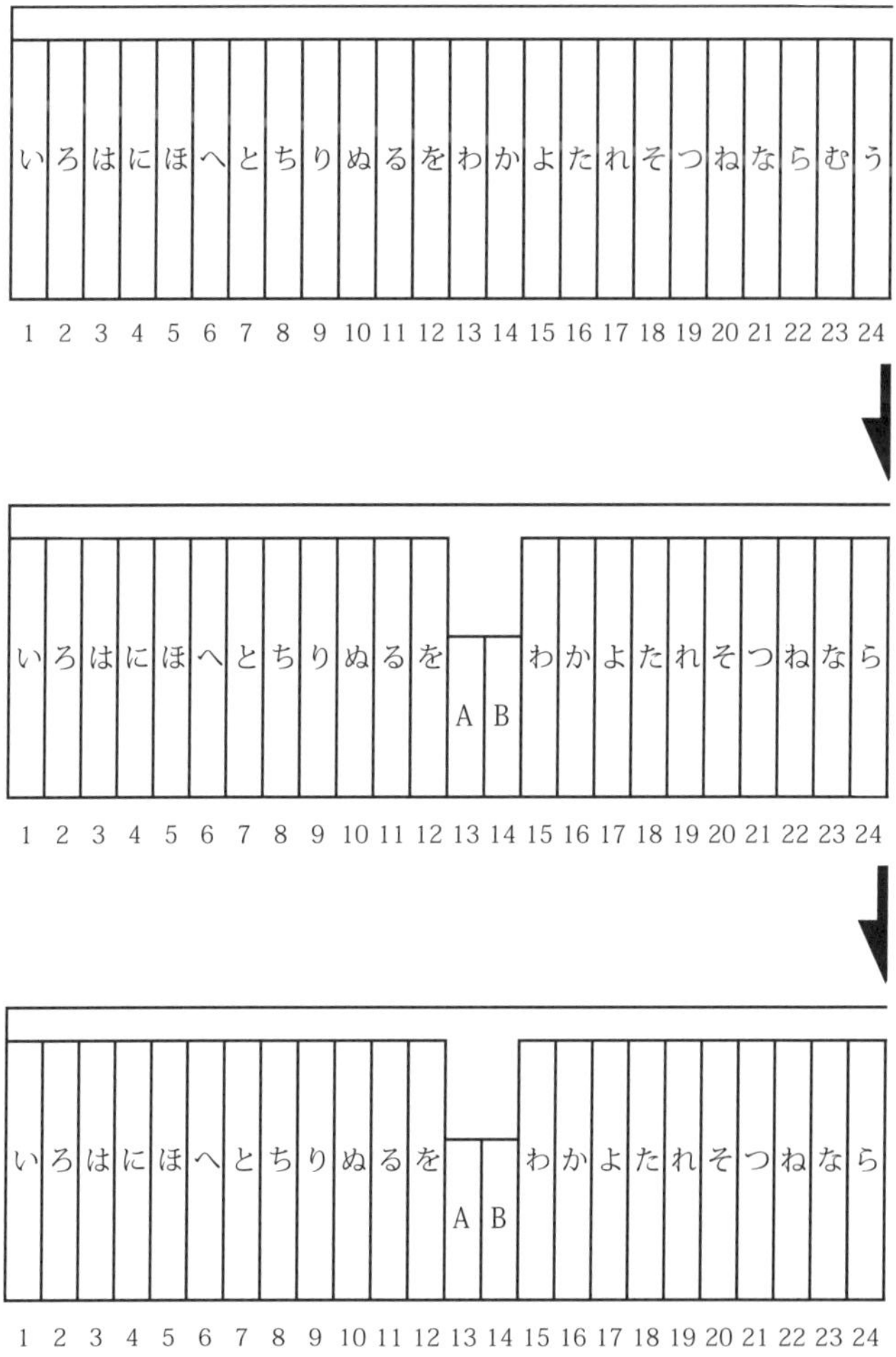
いろはにほへとちりぬるをわかよたれそつねならむう
1 2 3 4 5 6 7 8 9 10 11 12 13 14 15 16 17 18 19 20 21 22 23 24
いろはにほへとちりぬるを A B わかよたれそつねなら
1 2 3 4 5 6 7 8 9 10 11 12 13 14 15 16 17 18 19 20 21 22 23 24
いろはにほへとちりぬるを A B わかよたれそつねなら
1 2 3 4 5 6 7 8 9 10 11 12 13 14 15 16 17 18 19 20 21 22 23 24

次。

「彫刻どうしを線で繋ぐのです。まずは、カラスはしゃれこうべにとぶ」

ポケットから凧糸《たこ》を取り出す。

左端の棚、天板の左上に、カラスが浮き彫りにされている。髑髏《しゃれこうべ》は右端の棚の底板に彫り込まれている。これを糸で繋ぐ。

触れると、カラスの口は開く仕掛けになっていた。

中に、赤い糸の巻きついた軸が立っている。

引っ張ると延びる。糸の先には小さな木片がついていて、それを髑髏の右目に嵌め込むと、ぴったりだった。左端の書棚の左上から、右端の書棚の右下まで、赤い線がぴんと張られた。

凧糸を準備する必要はなかった。

次は「つるはよぞらへとびさる」である。

鶴の彫刻は左端の棚の右上、夜空を示す月は同じ棚の左下にあった。鶴の口を開けて、青い糸を引き出す。糸の先についた木片は、月のクレーターにぴたりと嵌った。

こうして、赤い糸と青い糸の交差点が一つできた。

かわせみはうおをとり
すずめはかまきり

カワセミから魚の彫刻まで、緑色の糸を引く。
雀からカマキリへ、黄色の糸を引く。

せきれいはあさひへむかい
かささぎはどせいへ

セキレイから黒い糸を引き出し、太陽の彫刻に繋げる。
カササギから土星に、白い糸を繋ぐ。
糸どうしの交差点が八箇所できた。

次の、

じゅうじろにはしらを

というのは。

「糸の交差点の真下に位置する文字を読め、という意味です」

「亀」

「れ」

「を」

「ン」

「の」

「下」

「の」

「崎」

カメレオンの彫刻の、伸びたまま静止している舌の延長線上には、ヤツデの葉があった。葉のうえに、蝿が一匹止まっている。

蝿の浮き彫りは簡単に外れた。

下に小さな鍵穴がある。

木の洞《うろ》の金庫で見つけた、青い石のついた鍵を挿し込んで回した。

ガタン、と思いのほか大きな音が鳴った。


ギリリリリリリ……


板の中で何かが廻っている。

書棚の背後にある壁の内部でも、振動が起きていた。見ると、右端の棚の横、何もない白い壁の、腰板の一枚がゆっくりと下へスライドして、開きはじめていた。

縦長の四角い穴の中に、見慣れたハンドルが光っていた。

奥面の壁から突き出ている。

RIGHT ONE

右に一周廻すと、ハンドルはロックされた。

鐘の音は、北側に並ぶすべての窓を通って来て、閲覧室に充ちた。

余韻の長く残る、黙って聴き入りたくなるような音である。

途中で何かを喋るのは、鐘そのものに対する非礼のように思われた。

音階はこれまでで一番低い。

五つの暗号は解いた。

しかし続きがあるようだった。

ハンドルの突き出ている壁の上部に、時計塔の絵が描かれていた。ペン画で、写実的に、克明に描かれていた。

その下に、再び稲妻形の暗号が並んでいた。

GO UP TO THE CLOCK TOWER

時計塔に昇らねばならない。

九、解答

わたしは朝ごはんのために、厚い食パンを二枚、オーブントースターで焼いていた。朝は、パンに限る。それもできれば三センチほどの分厚いものがいいから、わたしはいつでも自分で焼いて、自分で切り分けて保存しておく。わたしのパン焼き器は十年も前の型のものだが、今でも至極優秀に勤めを果たしてくれている。インコが死んでも、猫が死んでも、夫が死んでも、娘が嫁いでも、このパン焼き器だけは、週に一度、時には二度、同じ音を立てて、同じ時間をかけて、同じ味のパンを、今でも焼いている。

表面はカリカリになるまで焼くのがわたしの好みである。トースターの窓を覗いて、焼けてゆくパンを眺めていると、だんだんと香ばしい匂いが漂いはじめた。

バターは冷蔵庫から取り出してある。

あとはマグカップに、たっぷりとコーヒーを注ぐだけだった。

コーヒーメーカーの様子を見に行ったとき、台所の窓から、翔葉さんの車が庭先に停まるのが見えた。

運転がいつもより荒い。助手席側のドアには、見慣れない大きなこすり傷があった。

まだ午前七時にもなっていなかった。


鍵を外して、玄関の引き戸を開けると、秋の冷たい空気がいちどきに入りこんだ。その空気の中に翔葉さんは、紺の浴衣姿で、黒の中折れ帽をのせて立っていた。

浴衣はパリッとしていて、外に着て出てもすこしもおかしなものではなかった。けれど、翔葉さんは自宅でしかそれを着なかった。外出用の中折れ帽は、いつも通り、きちんとまっすぐにかぶっていた。紺の足袋に、桐の下駄を履いている。一言も口にせずに、玄関脇に置いてある鉢植えのソテツを、じっと見下ろして立っている。関心のない授業の教科書を読まされているときのように、つまらなそうな、心ここにあらずといったふうな、憂鬱な表情だった。戸が開いたことにも、気がついていないのかもしれなかった。それでも、音は聞こえたのだろうか、ソテツの尖った葉を見下ろしたまま、思い出したように、気怠げに帽子を取った。髭はあたって、髪も撫でつけて、きちんとしていた。翔葉さんは背筋をしゃんとして立っていた。でも、酔っているように、わずかに、いつまでもぐらついていた。重心が定まらないようだった。

「どうかしたの」

たぶん聞こえたのだろう。やや遅れて、片眉が動いた。けれど視線はまだソテツの葉を離れなかった。

だんだんと、視線がずれてきた。ゆっくりと、ソテツの鉢に移った。藍色の大きな、丸い鉢だった。唇が動いたが、声はなく、何を言おうとしたのか判らなかった。しばらく鉢のうえをさまよっていた視線は、またゆっくりと動き出して、敷居のうえに移った。

「どうかしたの翔葉さん」

心もち大きな声で話しかけると、翔葉さんは怯えたように肩を痙攣させて、ぱっと顔を起こし、わたしの目をまっすぐに見た。酷く充血し、目の周りは赤く腫れている。泣いていたのだろう。

「あ……」

と呟いたまま、次の言葉は出なかった。呼吸のたびに、持ちあがった頭がすこしずつ下がっていった。それにつれて視線もわたしの目を離れる。視線は敷居のうえに戻り、翔葉さんはその場にゆっくりとしゃがみ込んでしまった。敷居のうえに、帽子を持ったまま片手を置いて、倒れないように平衡を保っていた。もう片方の手は、酷く腹痛がするかのように、ぎゅうと強く、腹を抱えている。

手から帽子が離れて、土間に落ちた。わたしはしゃがんで帽子を拾った。そうして敷居に置かれた手を取った。ごつごつした大きな手だった。中指の先に、大きなペンだこができている。

「どうかしたの。具合でも悪いの」

翔葉さんは視線を上げようとした様子だった。けれども首に力が入らず、うなだれたまま、敷居を見ていた。キッチンで、トースターが遠く、チンと鳴った。

「青野さん――朝早くに、大変すまないのですが――」

実際の年齢よりも、深々と皺の刻まれた目尻に、急に、抱え切れないほどの涙が溜まった。言葉はそこで途切れた。私が取っている方の手を、弱い力で動かそうとするので離すと、翔葉さんは、ペンだこの痛々しい、節くれだった指で目をぬぐった。数滴、拭い切れなかった涙が、浴衣の膝の辺りに落ちて染みこんだ。

「大変に、すまないのだが――話を、聞いていただけないですか」

＊＊＊

藤崎と、こんな話をしたことがある。

いつのことだったか、もう正確には思い出せない。

放課後の教室だった。

記憶の中の映像では、それは校舎三階の高校二年のときの教室だから、たぶんその時期のことなのだろう。季節はいつだったのか、教室には他に誰が残っていたのか、はっきりと思い出すことはできないが、グラウンドから野球部のランニングの掛け声が聞こえていた。その声は遠くなったり、近くなったりした。

僕は読みさしの『偽金鑑識官』を片手に開いて、偉そうに講釈を垂れていた。ちょうどその日、図書室で借りたものだった。

「物理学では主に、人工的に設定した実験をおこなうことで、自然現象から法則性を導き出したり、確認したりする。実験の重要性を自分自身で体現して、近代科学の手法の基礎をつくったのはガリレオ・ガリレイだといわれているけれど、だからこそ、ガリレイは物理学の祖として認識されているんだ。ガリレイは何冊か著作を遺しているけど、この『偽金鑑識官』では、物理学という行為をこんな風に表している。

哲学は、眼のまえにたえず開かれているこの最も巨大な書〔すなわち、宇宙〕のなかに、書かれているのです。しかし、まずその言語を理解し、そこに書かれている文字を解読することを学ばないかぎり、理解できません。その書は数学の言語で書かれており、その文字は三角形、円その他の幾何学図形であって、これらの手段がなければ、人間の力では、そのことばを理解できないのです。

つまり、自然は数学的に記述されている書物であり、物理学はそれを読み解こうとする行為である、ってわけだね。これを僕流にアレンジするとだね――まず、濁った沼がある。これが自然。沼の中にはいくつもの銀色の鉄骨が沈んでいる。それらはどれもシンプルな構造の美しい鉄骨で、いろいろな形がある。これが法則。物理学は、沼の底からこの鉄骨を引っ張りあげる行為だと僕は考えている。そういう意味では宝探し的な面白みもあって、本来、わくわくできるものだと思うんだよ」

藤崎は僕がどんな事柄を話題にあげても、たいていは面白そうに聞いてくれる。この時もそうだった。だから僕はつい饒舌になる。

「じゃあ、池田流に言えば、科学技術はどういう喩えになるの？」

「技術は——そうだなぁ、宝探しで見つけられるのはあくまで鉄骨なんだよ。そのままだと、あんまり実用的な役には立たない。だけど組み合わせることで、副産物的に新しいものができあがる。これが技術かな。鉄骨にはいろんな形があるから、それらを組み合わせて、人間に都合のいいものを造り出すわけだ」

野球部の声が近づいてきた。

いーち　にーい　さん、し　ファイオー
にーい　にーい　さん、し　ファイオー

窓外のすぐそばには欅《けやき》の木が立っていて、グラウンドの様子は見えにくい。枝葉の隙間から白いユニフォームがちらと見えたが、すぐに横切って消えた。声も遠くなっていく。

「さっきガリレオの話が出たけど、彼は地動説のことで裁判にかけられたりしてるね。物理学を擁護する池田の立場としては、宗教っていうのはどういう行為になるの？」

「それなんだけどねえ……そこのところがよく分からない。科学は、本質的には宗教と対立するものじゃないと思うんだよ。せいぜい、宗派の違いといったところじゃないかな。でも、正直なところ、僕は宗教についてよく分かっていないと思う。藤崎は、宗教とはどういうものだと考えてる？」


…………ファイオー…………ファイオー…………


サッカーコートの方で笛の音が響いた。

バレーコートで誰かが笑っていた。

「宗教は、人が、不安にならなくてすむように、生きやすいように、人によって創られた世界観なんだと私は思ってる。いろいろある中でどれを選ぶかは、その人の自由だね」

「なるほど。——物理学は、あくまでこの知覚できる世界の中で、「観測できるもの」の間に、どんな運動の法則、エネルギー関係の法則が成り立っているのかを知る行為だから、神の否定は目的じゃないし——そんなこと、物理的に証明はできない。物理学では、存在するものを存在しているを示すことは比較的容易だけど、ないものを完全にどこにもないと証明するのは困難だよ。それは物理学に限った話ではないのかもしれないけれど。

やっぱり宗派の違いっていう認識ぐらいが適当な気がするんだけどなあ。まあ、物理の場合には副産物的に技術が付いてくるから、商売にはなりやすいし、それに、数式で表せるから、変質せずに、同じ形のまま普及もしやすい」

「宗派の違いというよりは――物理学は現象から法則を見つけるものだけど、宗教は現象に意味を与えるものなんじゃない？」

「あぁ。確かにそうだね。――なるほど。そうすると、根本的に違っているのかもしれない。――興味の対象が違うってことなのかな。――そうか。それは納得できる説明だなあ」


体育館の方からは、シューズの滑る音と、バスケットボールをつく音が重なって聞こえてくる。ピィイイイイ、と、たぶん電子タイマーが鳴った。

「ガリレイもニュートンも、敬虔なキリスト教信者だったそうだ。――だから、彼らにとってはたぶん、物理学は、「神のつくった世界」の法則を知っていくことだったんだよ――たぶんね。つまり、現象から法則を導き出すことは、彼らにとっては、それを創りだした「神」を知ることに繋がっていた。ガリレイの場合にはたぶん、彼が導き出した神観が、従来の神観と異なっていたから、異端視されてしまったんだろうね」

「その心理は、解るような気がする。たとえその人のことを直接には知ることができなくても、その人に関係している事柄を通じて、間接的にでも、その人のことをより深く理解したいと思う気持ちだね」

○

時計塔へは、三階の最も北側の部屋からのぼれるようになっていた。鍵が掛かっていて、普段は入れない。もちろん僕も入ったことはなかった。その部屋自体は、事務用品の予備品や、古いプリンターなどの放置されている物置だった。

薄暗い部屋の奥から、木造の梯子段が天井の四角い穴に続いていた。それをのぼりきると、殺風景な狭い空間に出た。壁も床も天井も、漆喰の、白一色の空間だった。笠すらついていない白熱電球がひとつだけ、天井から下がっていた。隅の方に段ボール箱がいくつか積み重ねられていた。反対側の壁に、また梯子段があった。今来たばかりの、階下の物置部屋の天井裏を歩く形になる。次の梯子段は黒い鉄製で、足を置くとタンと鳴った。今度はすこし長かった。のぼっていくと、また部屋に出た。

先ほどよりも広い、正方形の明るい部屋だった。

壁は漆喰塗りで、床はワックスのかかった板張りだった。見上げると、格子天井になっている。四面の壁には二枚ずつ、縦長の楕円形の、色ガラスの窓が嵌っている。北と南の窓は青色、東と西は緑色の窓だった。青と緑に染まった外光が交錯し、室内は海中のような淡い色に充ちている。

北側の壁の中央に、鉄の梯子段が再びあった。この部屋には段ボールも何もなかった。しかし梯子段の反対側の壁——南側の壁の前に、大理石の彫像が一体だけ置かれていた。台座を含めて二メートルくらいの高さのある、大きなものだった。

女神像のようである。

姿勢よく立ち、右足を一歩前に踏み出している。両手は自然に下がっていた。

ぶかぶかにたるんだ服を纏っている。ドレスのようでもあった。ウェーブのかかった髪の毛は腰まで伸びている。サモトラケのニケのように大きな翼があるが、折りたたまれていた。彫りが深く、目が大きい。洋風の顔立ちである。表情は凛としていて、まっすぐに前を向いていた。像の背が高いので、視線は合わない。ぶかぶかの、ゆったりしたドレスのような服は、足元から波の形に変化していた。水のドレスといったところだろうか。すると、彼女は水の神様か何かなのだろうか。あるいは水をあやつる天女なのかもしれない。色ガラスから差す青い光が右腕に当たっている。

格子天井の奥から重い物音が聞こえていた。一定の間隔を空けて、ゴットン、ゴットンと振動が響いてくる。水車の音のようにも、心臓の鼓動のようにも聞こえた。先生によると、ここは時計塔の内部の部屋なのだという。上は時計の機関部になっている。

梯子段をのぼる。

上に鉄製の落し戸があって、鍵穴がついていた。先生から鍵を借りて押し開けると、風が、勢いよく音を立てて吹き込んできた。

外に出た。

時計塔の文字盤のすぐ下には、塔をぐるりと巡る、回廊といおうか、見晴らし台といおうか、バルコニーがある。

森が見渡せた。風がゆるく吹いていて、樹々は波打っていた。

小学校の校舎の一部が見えた。どの教室も暗く、ひっそりとしている。春休み中だからだろう。

駅舎と線路も見えた。黄色い車体の電車が、ちょうど駅に着いたところだった。

バルコニーは一メートルほどの幅があって、下から見るよりも広かった。落ち葉が溜まっていた。胸丈ほどある欄干は木製で、古い造りの橋のそれに似ている。四隅の柱には青銅の擬宝珠《ぎぼし》が取り付けられていた。欄干の隙間から、地面がよく見えた。

文字盤があるのは塔の南側と北側の壁だけである。

西、東側の壁は、何もない白壁だった。しかし今、東側の壁にまわりこんで見ると、目の高さよりもすこし上の位置の壁が、大きく開いていた。奥の壁面には、銅鏡のような円盤があった。浮き彫りの文字が、びっしりと並んでいる。

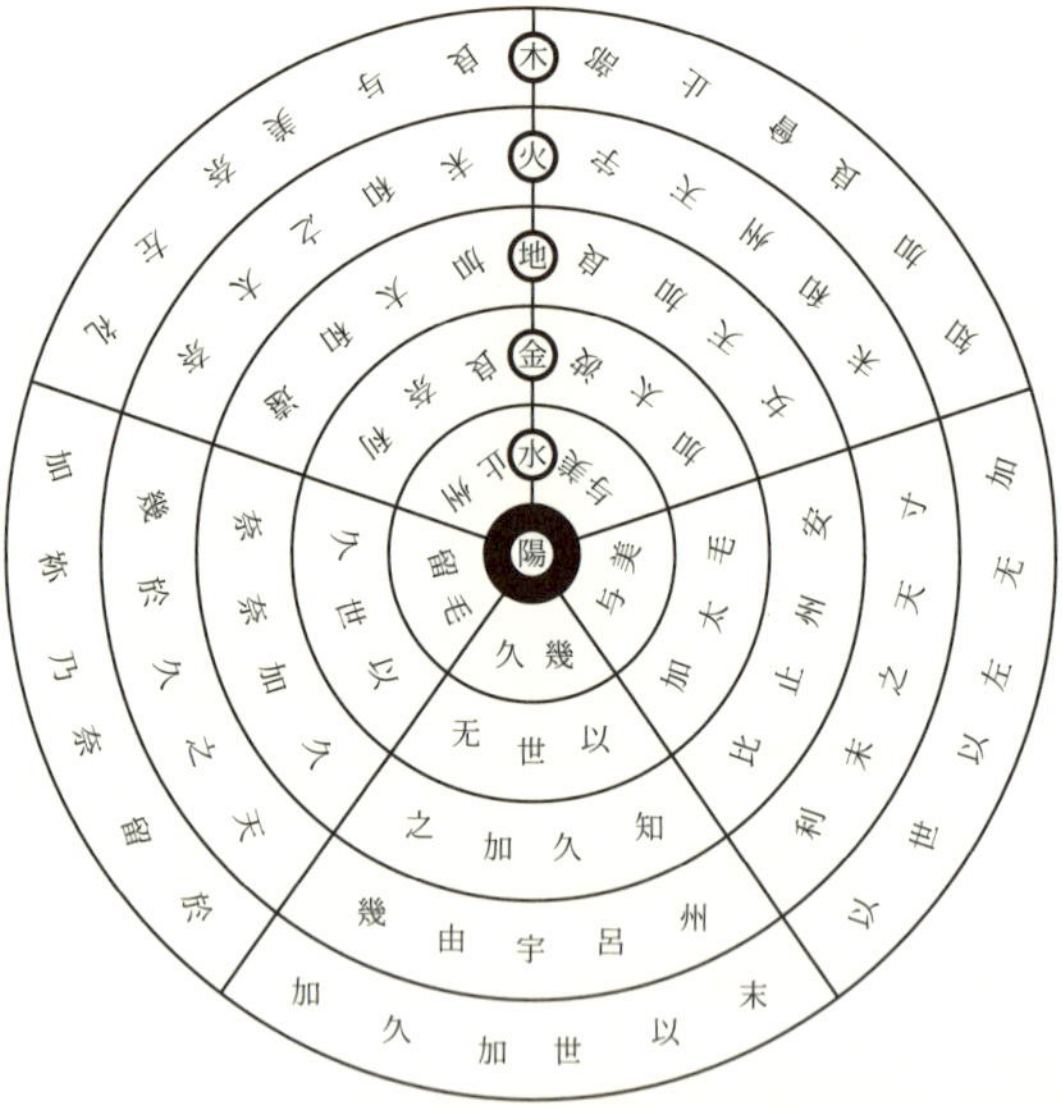

直径八十センチメートルほどのものだった。中心にはボタンのような黒い出っ張りがある。その面には「陽」と彫り込んである。

中心線上には順番に、それぞれの円環にひとつずつ、帽子掛けのような丸い取手がついていた。その取手にも漢字が一字ずつ彫り込まれている。内側から「水」「金」「地」「火」「木」。太陽系の惑星の並びである。取手に触れてみると、それぞれの円環は別々に廻すことができた。どれも右廻りにしか動かせない。

円盤が出てきたのは東側の壁だけで、他の壁には変化はないようだった。

並んでいる漢字はすべてひらがなに変換できる。いや。変換できるというのは不適切かもしれない。そもそも、これらの漢字が崩されて、ひらがなに変化したといわれているからである。並んでいるのは、ひらがなの原型となった漢字である。

漢字は一つ一つの文字がすべて、丸や四角や三角、逆三角形などで囲まれていた。漢字ごとに記号が決まっているわけではなかった。同じ漢字でも、位置によっては、四角に囲まれていたり、三角に囲まれていたりした。

暗号の円盤は、ケーキのように五つのパートに区切られている。

読み方をいくつか試していると、右上のパートからはじめて、内側から外側へ進んで行けば、意味のある文章として読めることに気がついた。
そのまま右回りに、内から外へ読んでゆくと。

与美加太波
女天加良末和州天
宇知加良曾止部
与美加太毛比止州安利末之天
寸以世以左无加久
幾无世以之加久
知幾由宇呂州加久
加世以末留
毛久世以奈奈加久
幾於久之天
加祢乃奈留於止
州良奈利加太
和遠末和之太奈良
与美奈左礼

よみかたは
めてからまわつて
うちからそとへ
よみかたもひとつありまして
すいせいさんかく
きんせいしかく
ちきゆうろつかく
かせいまる
もくせいななかく
きおくして
かねのなるおと
つらなりかた
わをまわしたなら
よみなされ

読み方は
右手《めて》から回って
内から外へ
読み方もひとつありまして
水星三角
金星四角
地球六角
火星丸
木星七角
記憶して
鐘の鳴る音
連なり方
輪を廻したなら
読みなされ

それぞれの円環の廻し方が決まっているようである。円環をそれぞれ適切な位置まで廻せば、
別の、意味のある文章が浮かび上がってくるのかもしれない。
文中に出てくる三角、四角、六角、丸、七角で囲まれている文字を抜き出すと。

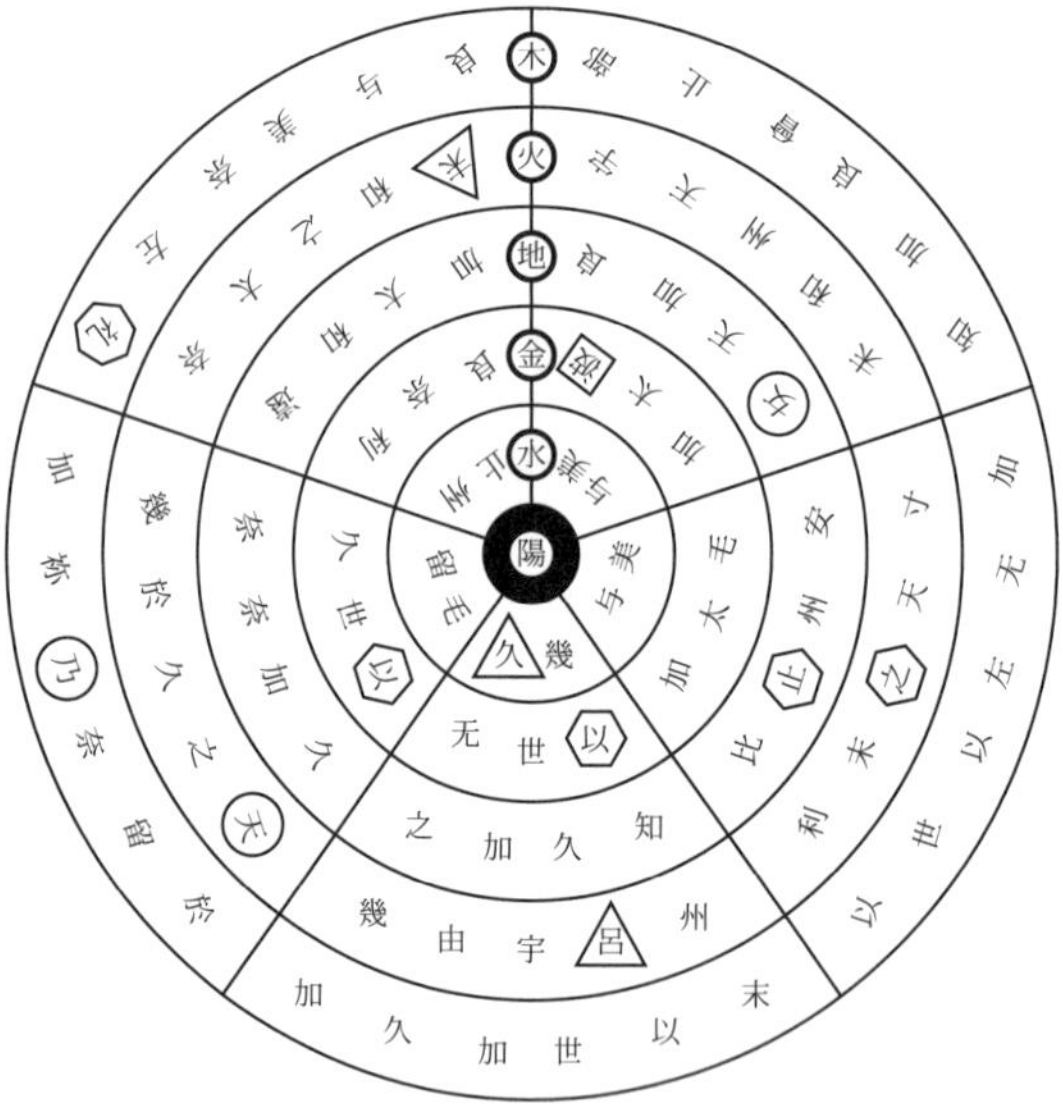

しかし。

鐘の鳴る音

連なり方

というのが分からない。


しばらく時間をかけて考えてみたが、うまく行きそうな解釈は思い浮かばなかった。何か他にヒントはないかと、もう一度塔の三方の壁を詳しく調べたが、何もなかった。時計の文字盤に何かありそうだと思って、つぶさに観察したが、南北ともに、何もなかった。

思いつく限りの方法を試した。

日が暮れても試し続けた。

九時をまわった。仕方なく、帰ることになった。

もしも明日、日曜日のうちに解けなければ、次の休館日の土曜日まで、待たなければならない。

夜明けまでに片《かた》をつけよう。

そう思った。

夜。

暗闇の中、机のうえだけを卓上電灯の光が切り出していた。ノートだけでは紙面が足りず、裏紙やコピー用紙まで引っ張り出して、机上はめちゃくちゃになっていた。今更整理するのは億劫だった。薄暗い壁にかかっている時計も、見上げる気にはもうなれなかった。一度意識して聴いてしまうと、秒針の音はいつまでもいつまでも聞こえつづけた。


技術について、僕は今では違う喩えを空想する。


いろんな色のボールが詰まった、大きな大きな水槽を、まず、考えてみる。色の種類は数えきれないほど無数にあり、それぞれがめちゃくちゃな割合で混ざっている。場合によっては、ボールの色が変化することもある。

遠くからその水槽を眺めると、様々な色が混ざって、灰色に見える。

これが自然である。世界といってもいいし、宇宙といってもよい。人間もこの中のボールの一つである。いや、複数種のボールの集合体といった方が適切だろう。

科学という行為の目的は、そのボールどうしの関係性をできるだけ厳密に引き出すことにある。ただ、一口に関係性といっても、ぶつかるとか、引っ張り合うとかいう関係性もあれば、時間が経つと褪色するとか、特定の色のボールとくっつくと色が変わるとか、そういう関係性もある。注目する関係によって、科学は、物理学とか、化学とか、生物学に分けられる。もちろん、中にはまだ関係性の判っていないボールどうしもたくさん存在する。また、見つかっていない色のボールもたくさんある。これが、科学的に未知の領域である。

ボールどうしの関係性を調べてゆくと、中には、組み合わせることによって人間の実用に役立つようなものが見つかってくる。というよりも、そうした使い方を思いつくようになる。そこで、灰色の海の中から一色、あるいは何色かのボールを切り出してきて、組み合わせ、人間にとって役立つような人工的な領域をつくる。領域というが、実際にはこれが、建築物であったり、電子レンジであったりする「人工物」であるわけだ。

この喩えでいけば、技術とは、灰色の海の中に、人工的にボールを組み合わせた領域をつくったときの、その領域のつくり方であったり、あるいは、その領域のもつ機能、ということになるだろう。後者の例としては、たとえば電子レンジならマイクロ波を飛ばす、冷蔵庫なら食材を冷やす、などである。

そして、人工の領域は不完全であるがゆえに、灰色の海の流動の中で、程度の差はあっても、少しずつ崩れてゆき、もとの灰色に還っていく。

頭の中に靄が充ちて思考がぼやける。
意味のない言葉の羅列がうなりを伴い耳を覆う。

いろはにほへと　アイウエオ
ちりぬるを　かきくけこ
わかよたれそ　さしすせそ
つねならむ　たちつてと
うゐのおくやま　なにぬねの
けふこえて　水金地火木
あさきゆめみし　土天海冥
ゑひもせす　三角四角五角七角

ところで、まあ取り出すのは何色でもいいが、例えば藍色のボールだけを寄せ集めた領域を、灰色の海の中につくる場合を考えてみる。もともとごちゃ混ぜの周りから藍色だけを取り出すわけだから、藍の領域をつくった後は、周りの部分には藍色は残っていない。だが、水槽は途方もなく広く、さらに流動しているため、一時的に色のバランスが崩れた周囲も、やがてはもとの灰色に戻っていく。すると、最初の灰色の海の中に、藍色の領域がぽつんと現れた状態になる。

だが、藍色の領域が拡がったり、あちこちに出来てきたりすると、いくら途方もなく広い海であっても、灰色の部分に含まれる、藍色の総量が大きく減ってくる。流動によっても、もとの灰色には戻りにくくなってくる。藍が足りず、灰色がつくれなくなってくるわけである。

そして、藍色の領域が拡大していくことで、反対に灰色の領域は、全体として狭まってくる。これがたぶん、自然と人工物の対立の図である。都市が拡がるだけ、森が減るという構図が最も分かりやすい例だろう。

こういった現象はおそらく、かき集める色を一色だけだとか、数色だけに限定するから生じるのである。その気になれば、取り出し方が分かっている色合いであれば、何種類でも色を取り出すことはできるはずである。

もし、もともとの灰色を構成するのに近い色の組み合わせを模索し、その色の領域をつくったとすれば、藍色一色だけをかき集めた場合と比較して、外側の灰色のバランスは崩れにくくなる。もっとも、それでは技術として、望みの機能は得にくいだろうが。

——いや。それではだめである。

ボールどうしの関係を断ち切って、人工の領域の材料にするのだから、色合いだけ自然と合わせたところで、その関係性が喪われてしまっていれば、もはやそれは灰色の海に馴染むものではない。バラバラ死体を集めたところで、もとの人間には戻らない。

ならば、周りの灰色の関係を断ち切らず、できるだけそのままの形で使うというのはどうだろう。例えば、冷蔵庫を造るのではなく、凍りついた洞窟を利用するのである。これならば、灰色の海を侵食する領域を減らすことはできるだろう。

だが、どちらにせよ、理想論に過ぎる。

一度持ってしまったものを手放すのは、簡単ではない。

歯車が
歯車が
歯車が廻っている

赤い糸が
青い糸が

黒い糸が
繋がっている

熊が
蛙が
カメレオンが
飛び跳ねている

屈折率が生じる原因は、物体中の電子と入射してくる光がエネルギーの

太陽が
月が
土星が
廻っている

しかも、ここではエネルギーに関することは考えていない。地球規模の大きなエネルギー循環の中に、人工物のエネルギー循環が混入している状況を、どんなふうに理解すればよいのか。そ

れを灰色の海の喩えに組み込むとすればどうなるのか。
ややこしくなってくる。

円周率は 3.141592

今日は運動量保存の法則について話します。

誰もいないブランコが揺れている
魚の形の風鈴が鳴っている
暗い座敷の奥に老女が座っている
鶏肉はどのくらいに切るかい
鰹出汁がまだ残っているから
お茶が飲みたいんだ
音階が違ったら梯子段の上に女神像が崩れている
靴から空気がボコボコ抜けていました
雨が目に流れ込んできて何も見えない
真北には青銅の円柱

僕には現代社会を論ぜられるほどの見識はない。

科学を論ぜられる識見もない。

ただ、灰色の海の喩えを続けるなら、人間はもともと、その灰色の海から生まれたものである。だから、環境としてはやはり、その灰色に最も適応しているはずである。大気を想定すると分かりやすい。空気は、窒素、酸素、二酸化炭素などがそれぞれの割合を持って構成されている。この割合が変われば息苦しくなる。

バランスの崩れた海の中にいると、体調を崩すのは当たり前のことである。

それはまた人間に限ったことでもない。

それなのに僕には何もできない。

コチ　コチ

コチ　コチ

コチ　コチ

コチ　コチ

藤崎が薬学部に合格の決まった年の春休み。

帰省時に一日、彼女と会った。

塾はすでに二人とも、卒業というか、辞めていたから、他の場所で会うことになった。塾近くのいつもの喫茶店で落ち合って、しばらく喋った後、することもないので映画を観に行った。観たい映画は二人とも特になかったから、あらすじを読んで一番わけの分からなかったものを観ることにした。たぶんＳＦだった。終始一貫して静かな映画だった。筋はもう憶えていない。砂漠から宇宙人の片脚がサボテンのように突き出ているシーンだけ憶えている。

その後ファミレスに入って、さらに駄弁った。

なぜそのような話題になったのか、またなぜ彼女がそれを話そうと思ったのか、僕には分からない。

藤崎は、その山へ行くといつでも母が視えると語った。彼女の母が事故で亡くなられた山である。また、散骨の場でもあったという。だから、共同墓地にある彼女の母のお墓には、遺骨が納められていない。その山は彼女の家の近くにあり、時々登って、会いに行くのだという。そうすると、落ち着くのだという。

「おかしいかな」

藤崎にしては珍しく、とても不安そうに尋ねた。思い出してみると、霊の視えることが話題になるときにはいつも、彼女はふだんの明るさを忘れて、不安そうだった。

「ありのままの現象を、そのままの形で肯定するのが物理的なものの見方なんだ」

僕はたしか、そんなふうに応えた。随分と気取ったものである。

彼女の語ったことは、単語もニュアンスもよく憶えている場合が多い。けれどもそれに応えた自分の言葉となると、記憶は曖昧で、まして相手にどんなふうに伝わったのかは判らない。

「だから少しもおかしくない。視えるのなら視えるのだから、それをわざわざ否定する必要なんてない。それは藤崎の支えになっているんだし」

コチ　コチ

コチ　コチ

コチ　コチ

コチ　コチ

ピピピ
ピピ
ピピピピ

目覚まし時計がしばらく前から鳴っていた。七時十分を指している。

眠ってしまったときのためにアラームをかけておいたのだが、ほとんど必要なかった。

外はまだ薄暗かったが、雀はもう起きている。

解読はいっこうに進んでいなかった。


そのまま昼になった。

図書館へ向かうと、門は閉まっていた。先生はまだ来ていないのだ。

煉瓦の門柱の横、道端の岩に腰かけて、待つことにした。岩はところどころ苔むしていた。苔のないところを選んで座った。

三冊目のノートはすでに欄外の余白まで使い切ってしまっていた。だから手帳の余白にメモをとりながら、解読の続きをはじめたが、その余白もすぐになくなった。書かずに頭の中だけで、とも思ったが、文字列の順番や位置関係を考えはじめると、書き出さなければごちゃごちゃになってしまう。

でこぼことはいえ舗装路だから、土に石で書くわけにもいかなかった。

辺りを見まわすと、左の門柱の横手に、大きなヤツデが茂っているのに気がついた。

一枚ちぎり、つるつるしていない裏面に、ペンで試しに渦巻きを書いてみると、具合よくインクは定着した。葉脈で文字は歪むものの、充分メモ用紙として使えた。


「池田君。もうやめたまえ」

振り向くと、朽ちてひび割れた道路のうえに、先生が立っていた。いつものツイードのスーツに、黒いハンチングをかぶって、海老茶の平べったい革鞄を下げていた。反対の手には、文字で埋まったヤツデの葉を一枚持っていた。やや腰を曲げて僕の顔を覗きこみ、眼鏡越しにものすごい目で睨んでいた。声は、厳しかったが穏やかで、いたわりが籠っていた。怒っているわけではなかった。

「あ。こんにちは、先生」

気がつくと、辺りはヤツデの葉だらけになっていた。すべての葉の両面に文字と記号が書き込まれている。それはもちろん自分が書き込んだのであるが、こんなに使ってしまったのかと思うと、恥ずかしくなった。ヤツデの枝には、もう葉は一枚も残っていなかった。

先生は腰をかがめて、葉を一枚一枚集めはじめた。僕もそれを手伝おうと立ちあがった。その拍子に、膝からばらばらと葉がすべり落ちた。

「申し訳ありません。ヤツデをこんなに使ってしまって」

「そんなことはいいんだ」

先生はとても厳しい声でそう言うと、僕の二の腕の辺りに手を添えて、じっと目を覗きこんだ。

「きみは身体を壊しかけている。休まなければならない。分かったね」

「でもまだ解けていないんです」

「いいんだ」

「でも――、でも――」

本当に唐突に、目に涙がいっぱいに溜まった。驚いて、慌てて上を向いて零れないようにしたが、もう遅かった。涙は頬を伝ったし、喉にも落ちて声をにじませた。

「僕はこれを解かなくてはいけないんです。藤崎と約束しましたから。僕には何もできません。運動も勉強も絵も歌も、日常の言葉すらろくに使えません。だけどこれを解くことだったら、彼女の期待に、はじめて応えられるかもしれない。だから解かなくてはいけないんです」

先生は、腕に手を添えたまま、黙って僕を見つめていた。僕はハンカチで涙を拭きながら、目を隠していた。恥ずかしさに、もう何も言えなかった。

先生はようやく口を開いた。さっきよりも、ずっと穏やかな声だった。

「だけれども、急ぐ必要はないだろう。休憩をして、心を落ち着けてからの方が、頭もよく回るはずだよ。だから、今は休みなさい。分かったね」

ぽんとかるく腕をたたくと、先生は僕に頷きかけた。僕はハンカチで片目を覆ったまま頷いた。情けなかった。

先生は手を離して、置いていた鞄を取った。

鞄からジャラジャラと鍵の束を取り出すと、門を開けた。

並んで砂利道を歩いた。

砂利道を歩くと、靴の下で音が鳴って面白い、と、子供染みたことを思った。先日濡れた靴はまだ縁側に干しっぱなしになっている。帰ったら、取りこまなければならない。

やがて樹々が途切れて、芝生が広がる。

屋根の上まで図書館が見える。

六角形の屋根から下がる銅鐸が見える。

銅鐸の円筒部分の直径は、一つずつ違っている。だから音色に高低が生じる。

なぜ高低をつけなければならないのだろう。

鐘の音は、メロディーになっているわけではない。

北側の頂点から吊り下げられているものだけは、鐘ではなく、青銅の柱である。

なぜすべて銅鐸で揃えなかったのだろう。

太陽は動かないまま。水星。金星。地球。火星。木星。


——音階を確かめねば。


時計塔の上にのぼった。バルコニーに出る。

銅鐸の音色を確かめるため、先生に物置から木槌を引っ張り出してもらった。柄が長いので、欄干から腕を伸ばせば銅鐸を叩ける。

先生は幼い頃ピアノを習っていたそうだから、音階の確認を頼んだ。

「任せたまえ」

先生がこのように自信満々のときは、あまり頼りにしてはいけないときなのであるが、他に手はない。最初の暗号を解いたときに鳴った、北東の鐘を叩いた。コオンと鳴った。音は長く伸びない。

「もう一度頼む」

コオン。

「よし。——レだ」

東南の鐘はファ。
南の鐘はソ。——この銅鐸の直径が最も小さかった。
西南の鐘はミ。
最後、北西の鐘はド。

音階に数字を振ってみる。
ドは　１
レは　２
ミは　３
ファは４
ソは　５

さて。
円筒の直径は一つずつ違っている。直接には測り得ないが、五つだけなので目視でもなんとか大きさ順に並べることができる。それを、東の壁に現れた暗号の円環と、ひとつずつ結びつけたらどうだろう。


南に吊られた一番直径の小さな鐘は、一番内側の円環と結びつける。すなわち水星である。

二番目に直径の小さいのは、東南の銅鐸である。これを二番目の円環と対応させる。すなわち金星。

次は西南の銅鐸を三番目の円環と結ぶ。すなわち地球。

次は北東の鐘と四番目の円環。すなわち火星。

最後は北西の鐘と五番目の円環。すなわち木星。

真北の青銅の円柱は、中心の太陽を表している。


暗号の円盤はケーキのように五つのパートに区切られている。

それぞれの円環を、それぞれに決められたパートまで廻さなければならない。


一番内側の円環は水星である。

この円環と直径が対応する鐘の音色はソだった。

ソは5に対応する。

だから、円環は五段階、すなわち一周廻す。最初の位置と変わらない。

金星の鐘はファ、だから4。
四段階、円環を廻す。
地球の鐘はミ、だから3。
三段階、円環を移す。
火星はレ、だから2。
二段階、円環をずらす。
木星はド、だから1。
一段階、円環を動かす。

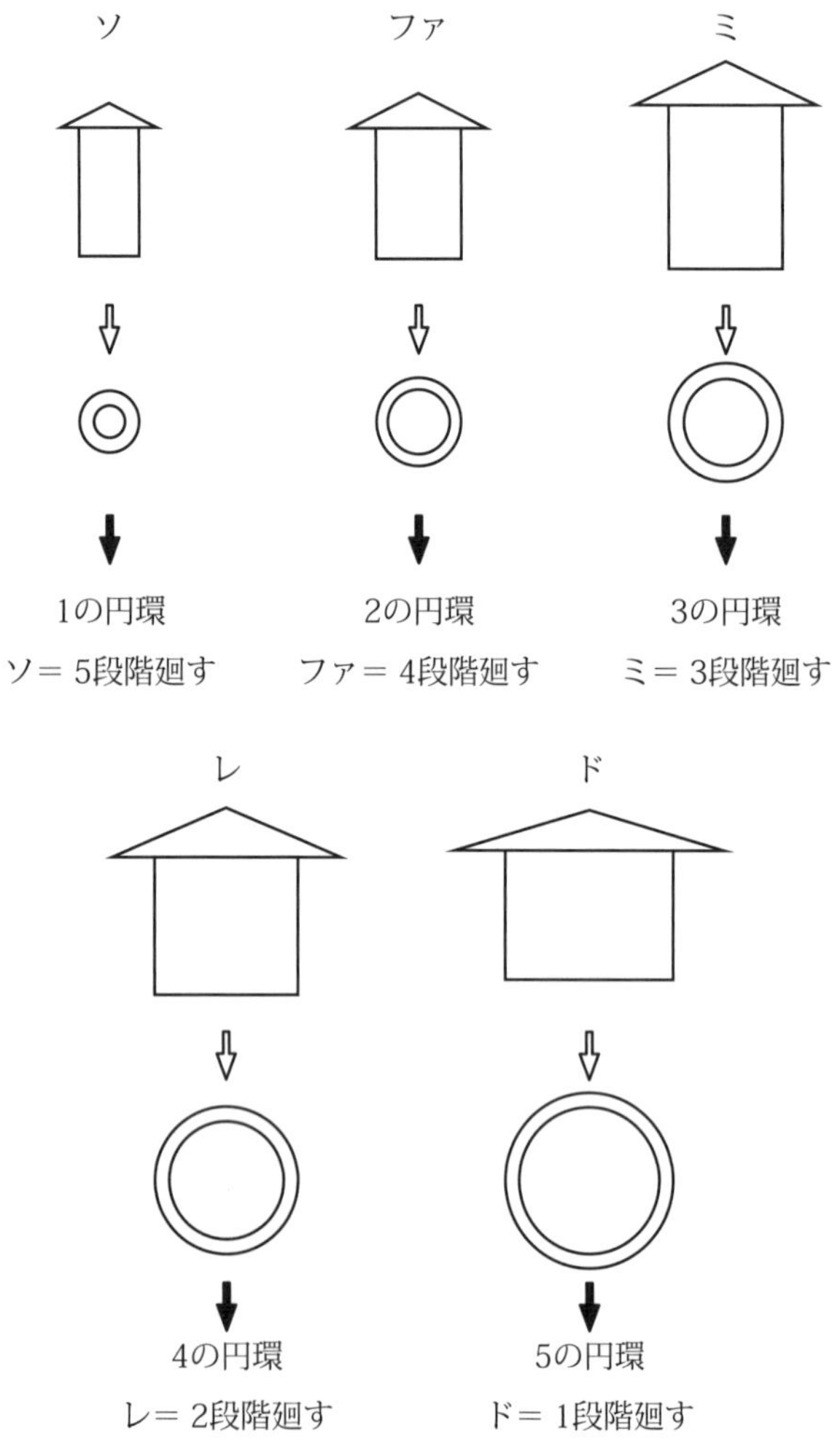
ソ
ファ
ミ
1の円環
ソ＝ 5段階廻す
2の円環
ファ＝ 4段階廻す
3の円環
ミ＝ 3段階廻す
レ
ド
4の円環
レ＝ 2段階廻す
5の円環
ド＝ 1段階廻す

まだ読めない。
まだ何かある。

鐘の鳴った順番は、火、金、水、地、木。
火星は丸。
金星は四角。
水星は三角。
地球は六角。
木星は七角。
読み順は右回りで内から外へ。

まず火星。丸で囲まれた漢字だけを、右回りに、内から外の順番で取り出すと。

「天」「女」「乃」

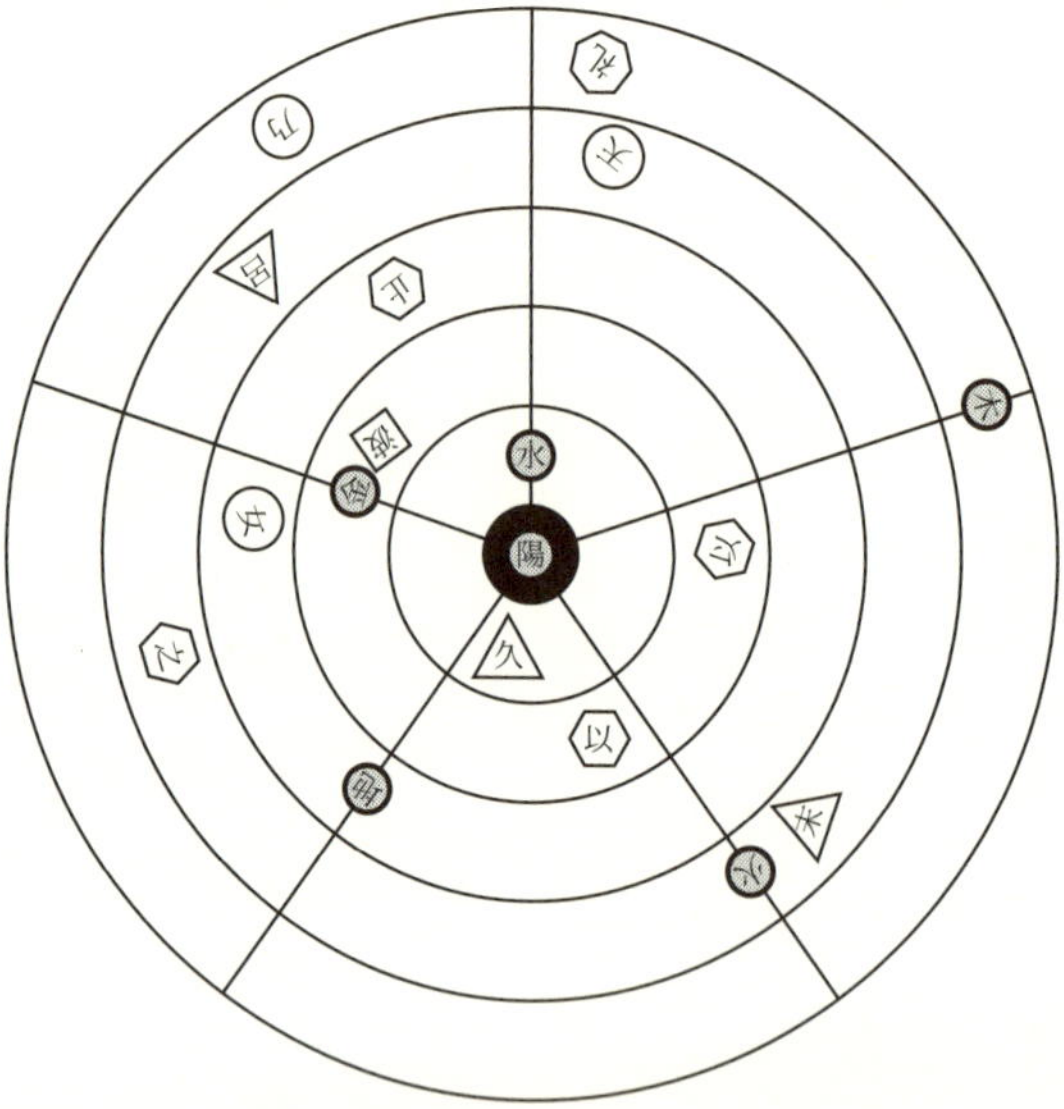

次は金星。四角で囲まれた漢字だけを抜き取る。一字だけである。

「波」

次は水星。三角で囲まれた漢字を右回りに、内から外へ探す。三字ある。

「末」「久」「呂」

地球は六角。右回り、内から外へ。

「以」「以」「之」「止」

木星は七角。

「礼」

全て並べると。

天女乃波末久呂以以之止礼

天女の波末　黒い石取れ

下だ。

鉄の段梯子を降りる。足が滑って転びそうになったが持ちこたえた。

目の前に天女がいた。昨日と時間が違うため、今は緑色の光が半身を照らしている。

「波の末」は衣の「裾」を意味している。天女の衣は、裾が波に変わっているからである。

黒い石はすぐに見つかった。

天女の、サンダルを履いた左足の真下、像と同じ白い代理石の土台に、黒いブロックがひとつだけ差し込まれている。煉瓦大のブロックである。縁に触れる。動く。引き抜いた。

薄暗い奥に、銀色のハンドルが見えた。

ハンドルに刻まれた稲妻形の暗号は、これまでよりも短い。

ALL

今までのすべての廻し方。

右に四回。

左に三回。

右に七回。

左に二回。

右に一回。

廻し終えると、ハンドルは、ばね仕掛けで金属を打ちつけるような音を響かせて止まった。ほとんどその瞬間に、部屋の中は鐘の音でいっぱいになった。

音は四方の色ガラスの窓から入って来て、壁を、床を、天井を、心地よく振動させていた。部屋の空気が揺れているのが判った。騒音ではない。耳を塞ぎたいとは思わなかった。

全ての鐘が一度に鳴っていた。すぐ上で鳴っている。それぞれの鐘の音は干渉し、うなりを帯び、余韻は重なり合って、音楽的な印象を強くした。が、それはやはりきらびやかな音色ではなく、鈴《りん》のような、朴訥で、ほのかに明るい音だった。

やがて音は止まり、長く尾を引いた余韻も静止した。

——終わった。

これでようやく、僕は藤崎の手を取ることを、自分に許すことができるような気がした。

引き抜いた黒いブロックの背面に、文字があった。もう暗号ではない。

ホール大階段右側面へ

その場に座りこんで、ぼおっとしていると、先生がぽんと背をたたいた。

「お茶を淹れてあげよう」

＊＊＊

IV　すべり台とアキム・F氏

このエッセイも今回で最終回である。

東方の彼方の島国まで、温かい依頼の手紙を送ってくれたG・リュート氏に感謝する。

前回のエッセイは書斎の話から始まりました。今回もそうです。

僕の書斎には机が一台、そしてよく軋む肘掛椅子が一脚あります。壁のほとんどは書棚が埋めています。けれども、ちょうど椅子の真後ろに当たる壁だけは空けてあり、そこに六枚の絵が掛かっているのです。絵には画用紙大のものもあれば、葉書大のものもあります。それらは一枚一枚、額縁に納められています。大切な親友たちの、驚くべき想像力のカラフルな発露を、粗末に扱うことはできません。

アキム氏の描いた絵は三枚あります。そのうちで僕の最も好きなのは、時計塔の描かれている絵です。塔のとんがり屋根の上には、綿あめよりも甘そうな雲が浮かび、虹が架かっています。塔の下に立ってニコニコと笑っているのは、ほんの少し実際よりも頭でっかちな僕と、ほんの僅か実際よりも背の高いアキム君自身です。塔の形状はロンドンのビッグ・ベンに似ていますが、文字盤のすぐ横から、左右にすべり台が伸びています。

今回僕は、この絵のモデルとなった場所を紹介したいと思うのです。

天気の良い休日には、僕たちはいつも決まってその公園を訪れました。出かけるのはお昼ごはんを食べた後、一時間ほど休憩してからのことが多く、当時の愛車に二人で乗り込んで出発するのでした。アキム君は車の中ではいつも退屈そうでした。きちんとシートベルトを締めると、氏の眼の位置はウィンドウの下辺よりも下に来てしまうため、見えるのは電柱と電線と雀と空だけになってしまうのです。だから車中では僕たちはいつもおしゃべりを楽しみました。

その公園は見晴らしの良い丘の上にありました。一面芝生で、ところどころに樹々があり、ベンチが置かれ、遊具の類はほとんどありません。西の端には小さな池があり、鴨《かも》が何羽も泳いでいました。アキム君が好きだったのは、光沢のある緑色の頭の鴨でした。たった一つの遊具らしい遊具は、芝生の真ん中に堂々と腰を下ろしている、木造三階建てのすべり台の塔でした。三階建てといっても、高いものではありません。二階の床は、大人の眼の高さほどに位置していました。

塔は時計台を模してありました。赤いとんがり屋根で、三階の正面には直径一メートルほどの文字盤が取りつけられていました。木製の大きな文字盤には、赤い「1」、水色の「2」、山吹色の「3」、黄緑色の「4」……と、ぐにゃぐにゃした字体の数字が並び、もっとぐにゃぐにゃした分針と時針が腕を伸ばしていました。けれどもこれは本物の時計ではないため、腕時計を合わせるために見上げても、参考にはできません。それどころか、針は好き勝手なタイミングで回ったり回らなかったり、しばしば反対向きに回り出してしまうことさえあるので、常識のある大人たちは翻弄されるだけです。

二階部分にのぼるためには、順路がいくつかあります。床の中央をくり抜く螺旋階段をつかうか、外にまわって、格子状に蜘蛛の巣のごとく編まれた綱をよじのぼるか、あるいはこれも外側からのびているアーチ状のはしごを伝うかです。二階から三階への順路は螺旋階段ひとつしかありません。

階段をのぼりきると、丘の下の町がよく見えます。

左には赤いトンネル型すべり台の入り口があり、右には底部がローラー式のすべり台のスタートがあります。そして正面の壁には、船の舵のようなものがあります。これを廻すことによって、ちょうど壁の裏側についている時計の針は動くのです。しかし残念なことに、舵を廻す本人には、文字盤の様子を見ることはできません。

　左右のすべり台は、どちらを選択しても爽快な旅を味わうことができます。でも、どちらかというと僕はトンネルすべり台の方が好きです。アキム君を膝の上にのせて一緒に滑りはじめると、トンネルの中はぼうっとした赤色の光に充ちていて、アセロラジュースの中に飛び込んだような気持ちになります。そして滑り終わって元の世界に戻ってくると、世界には種類の違う色がこんなにも溢れていたのかと、新鮮に驚くことができるのです。

　けれども僕は、アキム君ほどには、すべり台を夢中になって楽しむことはおそらくできていないのです。ある程度には楽しめても、子供の頃のような底抜けの喜びを感じることはできなくなってしまいました。それが少しだけ残念です。


　公園からの帰りにはいつもファミリーレストランに立ち寄ります。走り回ったアキム君は喉が渇き、小腹も空いていますが、夕食までにはまだ時間があるからです。大体において、氏の選択は二択に絞られます。フライドポテトか、マスカットののったパフェです。パフェの方がやや優勢です。フライドポテトの日には、僕が数本だけもらおうと思って手を伸ばしても怒りませんが、パフェの日には拒絶されます。たまに一口だけ分けてくれることもありますが、マスカットだけは断固として守ります。だから僕は、もう何年もマスカットを食べていません。

さて、このエッセイは一月の誌上に掲載されるだろうが、書いている今は十二月である。

今年の夏、アキム君は十三歳になった。中学生である。二人だけで公園に行くことはなくなってしまったが、氏は中学校へ電車で通学する。毎朝氏を車にのせ、最寄り駅まで無事に送り届けるのは私の使命である。その道中、時間にして十分にも満たない短い間であるが、私たちはよくしゃべる。しゃべりながら、私は公園へ遊びに行った日々を思い出す。氏はもう片肘をついて窓外を眺められるようになった。

新聞によると、今年の冬は厳しい寒さになる予想が立っているらしい。

私の家の大部分は日本建築だから、暖炉がない。石油ストーブが何台かあるのみである。それから炬燵《こたつ》というものがある。座卓を使って毛布のテントを張り、内部の空気はヒーターで温められている。そこに脚を入れると大変暖かく、寒さが酷くてもくつろげる。

アキム君も私も、今年の冬は炬燵から抜け出すことができないだろう。だから、私は今のうちからこんな計画を立てている。アキム君にチェスのルールを紹介するのである。将棋という、チェスに似た日本のゲームでもよろしい。けれども、ルールばかりべらべらと並べ立てられても、混乱するし混同するし、退屈なだけだろうから、今年の冬はチェスだけにしようと考えている。アキム君は騎士とか女王とかお城の登場する物語を愛好している。だからというわけではないけれど、きっとチェスも愉しんでくれるだろう。いつかオセロで遊んだ時には、そんなつもりはなかったのに私が一方的に勝ち続けてしまい、厭な思いをさせてしまった。同じ轍を踏まないように気をつけなければならない。

※以上四作のエッセイは一九八一年から八二年にかけて米「LEANING TOWER」誌に掲載されたものを筆者本人の手で邦訳したものである。単語や表現に変更を加えた箇所もあるため、完全な翻訳にはなっていないことをお断りしておく。

初出は以下の通りである。

〝A grassy plain and akimuF〟（一九八一年十月号）
〝The wind-bells and akimuF〟（一九八一年十一月号）
〝My study and akimuF〟（一九八一年十二月号）
〝The clock tower and akimuF〟（一九八二年一月号）

――『桂城翔葉随筆集』（二〇〇三）より

十、出発

雨音が広い座敷をしいんと満たしていた。朝から、飽きもせずによく降る。

青野さつきは卓の前に端然と座っていた。私の話を全て聞き終えても、彼女は穏やかな表情を面のように変えなかった。ただ、めずらしく煙管《キセル》を吹かしていた。

現在、彼女と最も頻繁に顔を合わせるのはお手伝いの坂木さんのはずである。二番目はおそらく私である。それでも、煙管を吸うところを見るのは初めてだった。

私は長話を終えて、少々疲れていた。お茶をいただいて、嗄《か》れて声の変わってしまった咽喉を潤した。湯呑みは小さく、正直なところをいえば、もう一杯ほしかった。

青野さんは考え込むように、白髪を撫でて整えた。白煙が細く唇から漏れた。

「池田さんは、今日は？」

「朝来てからずっと、地下室に籠っています」

「そうですか」

四日前のことであった。

休憩の後。

池田君と私はホールに降りた。

大階段の側面は、深い色の、光沢のある板壁である。その一部分が、四角く浮き上がっていた。池田君が指をかけて手前に引くと、人一人くぐれるほどの大きさの扉が開いた。

奥はどこまでも続く闇だった。

懐中電灯を点けて、縦に並んで歩いた。狭い路《みち》はゆるやかな下り坂になっていた。両の壁はコンクリートの打ちっぱなしである。しんとしていて、空気は冷たかった。下ってゆくほどにひんやりとしてきた。壁に触れてみると、なんとなく湿っていて指が濡れ、気味が悪い。靴音の反響が何重にも重なって聞こえた。

しばらく下って行くと、六畳ほどの空間に出た。正面の壁の前に、腰丈ほどの石柱が立っている。上面には銀色にぴかぴかと光るハンドルが突き出ていた。説明書きが、石柱の前面と両側面に、細かい字で彫られてあった。ハンドルを右に廻しきると、暗号の仕掛けが全て最初の状態に戻るらしかった。その他にも細かい事がいろいろと書かれていたが、私は全部は読まなかった。

右側の壁に黒い鉄扉があった。上が半円形になっている形の扉だった。丸いノブは一部分錆びついていて、ざらざらと気持ちが悪かった。鍵は掛かっていなかった。

それを、ゆっくりと押し開いた。

ぼうっと、やわらかい光が差し込んできた。思いのほか新鮮な風が頬をうった。


緑があった。


広い、とても広い、真四角の空間である。

四方の壁は全て、薄汚れたコンクリートの打ちっぱなしであった。

高い天井を見上げると、数カ所に大きな穴が開いていた。穴には金網が張られており、空が見える。穴は地上に開いているのであった。そこから外光が差し込んできて、空間はぼんやりと明るくなっている。外光の円錐形の柱の中に、羽虫が飛び交っているのが見えた。

壁に沿って堀があった。緑色の水が、流れをつくって右から左へのったりと流れていた。たくさんの落ち葉と、小枝と、虫の死骸が、水底の水草を見下ろしながら漂っていた。

扉の正面に、堀を跨ぐようにして、短い丸太橋が架かっていた。橋は完全に木製で、縁には苔が生えていた。橋の先、堀の中には四角い島があった。水面から石のブロックが積み重なっており、それが島の土台になっていた。城の石垣によく似ていた。島のうえはほぼ平坦である。一面に草が伸びていた。丈はそれほど高くなく、せいぜい膝丈ほどで、手入れを怠った芝生のようであった。ところどころに、石柱の折れたようなものが倒れていた。余った石材なのだろう。草はらには水たまりがそこかしこにあった。雨は天井の穴から落ちてくるのである。まるで城跡のような場所であった。

橋を渡って、すぐ左のところに、丸テーブルと籐椅子が置かれてあった。どちらも非常に色褪せていて、ささくれ立ち、白っぽくなっていた。テーブルのうえに紙束が置かれていた。落ちている紙も何枚かあった。


島の奥には石段が三段ほどあった。そこをのぼると、その上には墓があった。

質素な造りだが、立派な墓だった。墓石にはお経も故人の名も、何も書かれていなかった。両側の花立てに、白い菊がたっぷりと活けてあった。右の花立ての足元には、なんだかよく分からない、白い陶器の破片がいくつか散らばっていた。香炉の中に、燃え尽きた線香の灰が見える。その手前に、蓋がコップになっている型の、小さな紅い水筒がひとつ置かれていた。

墓前に、人が倒れていた。横向きに、背を向けて倒れている。

その事に真っ先に気がついたのは池田君だった。気づくや否や、彼は丸太橋のうえを駆け、テーブルの横を抜け、草を踏み分け、水たまりを踏みつけ、転がる石材を飛び越えて、石段を上がってその人の傍らに跪《ひざまず》いた。その人は黒い服を着ていた。女性のようだった。池田君は肩に手をかけて、何か呼びかけた。そっと揺すった。

私はようやく、自分が一歩も動いていないことに気がついた。足早に丸太橋を渡った。ゴトゴトと音の鳴る橋だった。

私が石段の前に着いたとき、池田君は脱力したようにぺたりと座りこみ、その人の上体を持ちあげて、胸にしっかりと抱いていた。池田君は震えていた。その人の髪の毛や洋服は、雨に濡れていて、落ち葉や小枝がはりついていた。涙をこぼしているのかもしれなかった。髪の毛についた小さな枯葉を、一枚ずつ取ってあげていた。

臭いが鼻をついた。死臭であった。遺体の様子はよく見えなかったが、亡くなってから一週間近くは経っているようであった。肌はもう青味を帯びている。蠅がたかっていないのが不思議なほどであった。死臭に混ざって、微かに金木犀の香りがしたような気がした。しかしそれはたぶん、勘違いだったのだろうと思う。

「池田君」

返事はなかった。聞こえてもいなかったのだろう。

ずり落ちそうになって、池田君はその人を抱きなおした。そのとき、その人の左腕がゆわんと垂れ下がった。緑色のブレスレットに、見覚えがあった。

池田君の横顔が見えた。死者を固く抱きしめたまま、何も言わずに、ぽとぽとと涙を落としていた。

今日になって、私は青野さつきのもとを訪れた。図書館は急遽、今週いっぱい、休館に変更してもらった。

しとしとと雨の音がいつまでも続いていた。風鈴は、今日はりんとも鳴らなかった。

「池田君が、最後に廻したハンドルの回数は、右に4回、左に3回、それから、7回、2回、1回でした」

翔葉全集の十巻目には、彼の日記の一部が収録されている。現物も拝見したことがある。七月二十一日の欄には毎年、日付のすぐ下のところに、青鉛筆の文字で「文夏誕生日」と書かれていた。43は、昭和四十三年のことである。

「あれは、文夏さんのお誕生日ですね」

花柄の陶器の灰皿に、青野さんは煙管を逆さまにコツコツと当てて灰を落とした。

「あの図書館は、翔葉が文夏さんを弔うために建てたものなのです」

青野さつきはそう語った。

二〇〇三年のことである。雪葉君は三歳だった。

雪葉君の母、文夏さんはその年の夏、妊娠三ヶ月目に流産をした。夫は、その一週間後に自分から海外転勤を希望し、フィリピンへ渡った。二人の間にどんなことがあったのかは分からない、と青野さんは語った。夫が転勤を希望したことに、文夏さんの経験した不幸がどのように関係していたのかは分からない。そもそも、関係があったのかどうかさえ分からない。しかし、その夏、夫婦関係になんらかの、埋めようのない傷が生じたことは、間違いのないことのように思われる。

夫の転勤後、文夏さんは雪葉君とともに実家に戻り、翔葉夫妻と暮らしはじめた。籍はそのままだったが、それはこの時分にはもう、意味を持たないものになっていた。

翔葉はのちに、そのときの文夏さんの様子を、青野さんに語った。

気怠げに、一日中横になっているのだという。夜中に起きてトイレに籠り、そのまま朝まで出てこないこともあった。部屋着にサンダルをつっかけて外に出て、そのまま裏の山をいつまでも歩きまわることもあった。食事は一食ごとにきちんと摂ったが、日が経つにつれて痩せ、窶《やつ》れていった。よく食べてはいたが、ほとんど毎日吐いていた。

雪葉君の面倒は、もっぱら翔葉夫婦が見た。秋枝さんもいたが、その頃は病状がまだ不安定な時期で、彼女は入退院を繰り返していた。

文夏さんは、雪葉君に会うときには無理にでも笑っていたが、幼子の世話をするには、疲れ過ぎていた。また、いつもより体調のよい日に、雪葉君と楽しげに遊んでいても、じきに文夏さんは泣き出してしまい、呂律《ろれつ》がまわらなくなるほどになってしまうことがあった。

秋の初めに、文夏さんは首を吊った。一度目は翔葉が見つけて止めた。二度目は間に合わなかった。裏手の縁側の太い梁に、暗緑の細帯をかけて、そこに首を括っていた。母の銘仙を雑に着ていた。雪葉君がその姿を見なかったのは、幸いとしかいいようがなかった。

翔葉は、娘の吊り下がった遺体から目が離せなかったと、青野さんに語った。

顔にかかった黒髪の隙間から、色を失った肌が白く見えたという。目は力なく開いていて、瞳は虚ろでやや下を向いていた。その目は、まるで幼い少女が、どこか遠い国のことを夢見ているときのように、あどけなく見えたという。やや色褪せた藍染めの銘仙の着物は、萎れた朝顔のようであった。

私は、それを、美しいと思ってしまった。

翔葉は、そう打ち明けたという。


自殺の場合、遺体は解剖をされる場合がある。いずれにせよ、検死はされる。翔葉は娘を、他人の手に触れさせたくはなかった。まして、解剖にまわされるなど、考えたくもなかっただろう。解剖の様子を実際に見学したことのある翔葉にとっては、その思いはいっそうに強かったはずである。

だから、警察に通報をする前に、青野さんの家へ行き、どうするべきか、相談した。もし自分だけの手で弔うことができるのなら、そうしたいというのが翔葉の望みだった。

しかし青野さんは反対した。

行方不明という状態は、それが希望の根拠ともなりうれば、苦しみの元ともなりうる。残された者は、人によって割合の違いはあれども、その両方を、同時に抱え込むことになる。大きくなった雪葉君にそれを負わせるのは、好ましくない、と青野さんは主張した。

しかし、母親が自らの命を絶ったという事実を伝えることの方が、雪葉には辛いはずだと翔葉は主張した。

双方が互いの主張を理解していた。そしてその難点も理解していた。

自身の意見の弱い部分についても、充分に理解していた。

時間だけがなかった。

翔葉は、結局、警察に通報した。できるだけ事を公にしないように、協力を頼んだ。それは自身の体面を守ろうとしたからではなく、雪葉君のためだった。

翔葉は、葬儀に列席した少数の身内に対し、文夏さんは登山中の事故で死んだということにしてほしいと頼み込んだ。大きくなった雪葉君が抱えなければならないものを、できるだけ減らしてやりたいと考えてのことだった。

全員がその意図を理解し、全員がそれに協力した。架空の事故の筋書きは翔葉が決め、それを全員で共有した。青野さんも協力した。文夏さんは、まだ潑剌としていた頃、山登りを趣味としていた。翔葉はそのことを筋書きに利用した。

以来、二十年近くの長い間、秘密は守られ続け、雪葉君は――雪葉君だけが、母は事故で亡くなったのだと信じていた。

翔葉が、大きな図書館を建てたいと発案したのは、文夏さんの自殺後、二ケ月と半月が経った頃であった。

計画は驚くほどの速さで進んだ。土地の購入、大まかなデザイン、設計などは全て翔葉が一人でおこなった。大金を積んでオランダから腕のいい大工を呼び寄せ、また石材の類を取り寄せて、工事は急ピッチで進められた。

建設地には、もともと大きな防空壕があった。このことは、私も資料から知っていた。それよりもっと以前には、今は坂下に移転している小学校が建っていた。

壕は、終戦の年の春に造られたものだった。が、結局一度も使われず、それ以来放置されていたものだった。完全に埋め立てられてから、図書館の建設は進められたと聞いていたが、大部分が残されて、あの地下空間に転用されたのであろう。あるいは、翔葉はもともとそういうつもりであの土地を購入したのかもしれない。

「翔葉は文夏さんの死を、理解できない事として畏れていました」

青野さんはとても静かな声でそう言った。煙管からまた一筋、紫煙がのぼった。

考えるような間が、一拍あった。

「理解したくない事でも、あったのだと思います」

桂城翔葉にとって、娘の自殺は理解のできない事であった。どうしてそうなったのか、理由の見当をつけることができなかった。流産のことと夫の転勤のことを、文夏さんは両親に話していなかった。また仮に話していたところで、その二つの出来事だけが自殺の根本原因だったと、必ずしも言い切ることはできない。

翔葉はある時点で、その原因に見当をつけようとする意志を断《た》った。そして、目の前にある大きな謎を、「埋める」という方向に注力しはじめた。

私は、子供の頃、飼っていた小鳥を誤って強く握りしめ、死なせてしまったことがある。怖くなって、庭先に穴を掘って埋めた。まだ怖くて、石を置いた。それでも怖くて、花を添えた。

それと、同じような心理だったのではないかと私は思った。

けれども、それはもちろん、本人にしか分からないことである。

「図書館は、何度も改築を重ねました。そのたびに、新しい暗号とからくりが付加されたのです。――暗号もからくりも、誰かに解いてもらいたいと思って創られたものではなかったのでしょう。それは翔葉さんにとって、解らないものを、より堅固に封じ込めるための呪文、あるいは、より深く埋めるための、土のようなものだったのだろうと、私は解釈しています」
青野さんは、長い話を語り終えると、ぽつりと、溜息をついた。

＊＊＊

○水筒は閉じてあるはずです。そのまま開けないでください。水筒には直接手を触れないこと。有毒です。触れる場合にはゴム手袋を着用すること。気化しにくい薬品のためマスクの着用は必要ありません。水筒は空になっていると思いますが、洗わないでください。もし薬品が残っていても、流しや堀に捨てないでください。できればそのまま土の中に埋めてください。
○死体の処理はまかせます。不快だったり、腐敗が酷い場合には放置しておいてください。
○祖母、叔母家族、父に伝えないでください。祖母と叔母にも、手紙を残しておきました。私の自殺は知っているはずですが、ここにいることは書いていません。
○地下空間のことを知っているのは私の他には青野さつきさんしかいないはずです。青野さんにはこの事は告げないでください。

○私がここで死んだことは誰にも告げないでください。
○暗号のからくりのことは誰にも話さないでください。また発表もしないでください。
　これは祖父と私の意思です。
○ご迷惑をお掛けして、申し訳ありません。
○私の事は忘れてください。

藤崎の遺体は腐敗がかなり進んでいたが、かろうじて崩れてはいなかった。

遺体発見後、僕と先生は長い時間、話し合った。

僕は、警察には通報せず、藤崎の遺体を自分たちだけで埋葬したいと主張した。それが藤崎の意思だったからである。藤崎の家族は遺書によって、藤崎の死を、ある程度には覚悟しているはずである。それならば、遺体を見せたところで、何の救いになるだろう。むしろ見せないことの方が、慰めになるのではないだろうか。僕はそう考えた。

先生の意見は違った。

「確かに私たちは、自分たちだけで、彼女をここに埋めることができる。だが、それは私たちの自己満足にしか過ぎない」

先生はまたこうも言った。

「池田君、遺書が残されていたからといって、それだけでご家族の人たちが雪葉君の死を受け入れると、本当に信じられるかね。私はそうは思わない。ご家族の人たちは雪葉君の捜索願を出すだろう。生きているかもしれないと、ずっと信じ続けるだろう。それは確かに救いになることもある。だが同時に苦悩の種にもなる。しかもそれは、何年経っても、ずっと続く苦悩だ。私は、それをご家族の人たちに背負わせたいとは思わない。雪葉君だって望まないはずだ。私は、私たちの手で彼女を埋葬することが弔いになるとは思わない。ご家族の人たちには、雪葉君の死を知る権利がある」

結局、折れたのは僕の方だった。でもそれが正しい判断だったのかどうか、僕にはまだ分からない。

警察との対応は、先生がすべて一人でおこなった。僕は、遺体が運び出される間ずっと、薄暗い先生の部屋に座っていた。誰も来なかったし、何も聞かれなかった。先生は暗号のことは話さなかった。地下空間については、最近見つかったもので、造られた経緯については調査中であるとだけ述べた。墓については、誰のものなのか見当もつかないととぼけた。墓石に故人の名がなかったことは、この場合には好都合だった。

それが四日前のことである。


藤崎の通夜がおこなわれたのは一昨日の事だった。親族のみでひらかれたが、先生は列席した。昨日が葬儀だった。身内だけでおこなわれたが、僕は先生に連れられて、列席した。葬儀場は菊の香りで充ちていた。もっと最近の写真があっただろうに、遺影は高校生の時の写真だった。僕はその写真をまともに見ることができなかった。目の前の出来事はただ流れ去っていくだけで、映画でも観ているような感覚だった。


今日の朝、僕は図書館に来て、先生と会った。先生は青野さんを訪ねるそうだったが、僕は待っていることにした。先生を見送った後、地下に降りた。地下に続く扉は、内側の鍵さえ外していれば、自由に開閉できた。

新しい菊の花を、墓前と、藤崎が斃《たお》れていた場所に供えた。

あとは、もうすることもなかった。

草はらに降り、転がっている石材の一つに腰かけて、今置いたばかりの、瑞々しい白い菊を眺めていた。

弱い雨が降っていた。天井に開いた穴の縁から、ぽたぽたと水が落ちてくる。

幸い、僕のいる場所は穴からずれていた。雨に打たれることはなかった。

丸テーブルのうえに置かれていた手紙は、藤崎の記したものだった。三つ、きちんと並べて置かれてあった。一つは箇条書きになっていて、水筒や遺体の処置について指示が記されていた。真ん中には北岡先生宛の短い手紙が、右端には僕宛の手紙が置かれていた。先生への手紙の一部は風に飛ばされて、草のうえに落ちていた。雨に濡れて滲んでいる箇所もあったが、大方は判読できた。図書館建設の経緯が書かれていた。藤崎がその事を祖父の翔葉から打ち明けられたのは、翔葉の亡くなった年――藤崎が一年の浪人ののち、大学に入学した年の、初秋のことであったらしい。藤崎はそのとき初めて、母の死が自殺であったことを知ったのである。

僕への手紙にはたぶん、そのときの事や、そののちの数年の間に、自殺をすることに決めた理由などが、丁寧に記されていたのだと思う。

しかし僕宛の手紙の大部分は、水たまりの中に落ちたり、堀まで飛ばされてしまっていて、回収はできても、文字は水に滲んで、読むことができなかった。大雨や暴風の日が最近、しばしばあったせいだろう。そしてまた、彼女が自殺をしようと思い詰めた事情を、僕は、それほど知りたいとは思わなかった。

判読可能だった数枚のうちの一枚は、自殺の理由に関係する部分の、途中の一枚だった。

母の自殺を知って以降、帰省時に、山に登って探しても、もう母の姿は視えなかったと書かれていた。それなのに、他の霊はまだ視えた。事情を知ることで母の霊が視えなくなったのだから、他の霊も、視えてはいても、自分の創りだす幻影に過ぎないのだと気づいた、と書かれていた。前後の出来事が判らないため、その一枚だけを読んでみても、自殺の理由が解るわけではない。また、たとえ全ての手紙を読めていたのだとしても、その理由は本人にしか、たぶん解らないことだろう。藤崎自身にも、解らない部分はあったかもしれない。

結局その一枚については、一度目を通しただけで、もう読まなかった。

残りの数枚は、おそらく、手紙の最後の部分だった。迷惑を掛けて申し訳ないだとか、僕にとってはどうでもいいような詫びの言葉が並んでいた。謝るくらいなら最初から死ぬなと思った。

祖母はもしかしたら何か知っていたのかもしれないけれど、それについてお互いに話したことはありませんでした。明るくて元気で、裏表のない祖母が、そんなことを知っているようには私には今でも思えません。

私がいなくなったら、暗号のことを知る人はいなくなってしまうかもしれない。でも、祖父が母のためにつくった霊廟は、忘れられてしまっていいものではないように思えました。それは祖父のためでもあり、母のためでもあります。

私は誰かに秘密を受け継いでほしいと思いました。

それは、池田しかいないと思いました。

池田にしかまかせられないことだったし、池田だから、頼みたかった。

私はあなたが好きでした。高校の時も、大学に入ってからも。ついでだから、書いておきます。

でも、池田に暗号をまかせれば、遅かれ早かれ、私の死体を池田に見せることになる。人の死体は、見ていて気持ちのいいものではないし、まして腐乱がはじまってしまえば、見たことを後悔するような状態にだってなるかもしれない。

だけど私はここで死にたかった。母のそばにいたかったし、祖父のそばにいたかった。

だから、池田には本当に申し訳ないと思っているけど、どうかわがままを許してほしいです。

私は今まで、少なくとも高校に入ってからは、できるだけ人を傷つけないようにして生きてきました。人を助けようと思って生きてきました。もちろん、ずっといつもそういう自分でいられるわけではなかったけど、私は頑張ったと、自分では思っています。それとこれとは別の話ではあるけれど、だから最後の迷惑を、どうか許してほしいです。本当にごめん。


どれくらい、その花を見つめていただろう。

雨が止んでいた。

日の光が、天井にひらいた穴から差し込んでいた。雨雲の隙間から差し込む光のようだった。ぼうっと、広大な空間が明るくなっていた。

穴の縁から数滴ずつ、名残の雫が落ちている。光に触れてきらきらと反射した。

地下空間には音がなかった。


ふと、甘い香りに気がついた。金木犀の香りに近いが、あの花ほど甘ったるくはない。もっと淡く、どことなく哀しかった。

目の前の石材のうえに、藤崎が座っている。


彼女がそこにいるはずはなかった。

それなのに彼女はそこに座っていた。

僕は石材に腰かけたまま、いるはずはないのに目の前にいる彼女のことを、ぼんやりと見ていた。見つめるのではなかった。ただ、ぼんやりと眺めていた。

声は、掛けられなかった。

藤崎は歪んだ直方体の石のうえに座っている。草はらのそこかしこに転がっているものの一つだった。石は経年のために、表面が白く色褪せていた。右半分ほどは雨に濡れて、濃い色に滲んでいる。藤崎は、雨に濡れていない、石の左側に腰をおろしていた。

僕は彼女の存在を信じられず、それが幻影である証拠を探そうとした。

黒いスニーカーが草のうえにあった。水滴を帯びた草は靴に踏まれて、柔らかくしなって倒れている。葉の先だけが靴の端からわずかに覗いている。靴はそこに確かに実在している。そして確かに重みがあるようだった。

服は、黒一色の丈の長いワンピースである。襟と袖の辺りに、飾りの襞がついている。四日前には雨に濡れ、泥が跳ね上がり、落ち葉がついていた。それが、すっかり乾いて、ほこりの一つもついていなかった。

左の手首に、透き通った緑の石のブレスレットを嵌めている。修学旅行のとき、ホテル近くの小さな小物屋で、集合時間ぎりぎりまで悩んで買ったものである。そのとき彼女の横で、腕時計をちらちら確認しながら一緒にいたのは僕である。緑がいいと推薦したのも僕だった。

彼女には影もあった。光量が外よりも少ないため、明確な輪郭をもつものではなかったが、明暗はくっきりとあった。影ができるということは、そこに光を妨げる実体があるということだった。

光り輝いてもいなければ、影のようにゆらいでもいない。ただ、そこにいた。

彼女は呼吸をしている。そしてより長い間隔を空けながら、まばたきもしている。

どちらかというと、微笑んでいる。

風が流れ、香水がまた淡く香った。昔から変わらぬショートヘアの髪の毛がふわりと僅かに揺れた。枯葉も小枝も、もうついていない。雨に濡れてもいない。栗色だった髪は、黒く戻っていた。先週会ったときにも、僕はそう思ったのだった。

記憶の断片が内から溢れ出てきて、狂った風車《かざぐるま》のように廻りはじめる。だが今は、自己嫌悪に溺れるわけにはいかない。尋ねなければならない。

僕は、藤崎の目をきちんと見た。乾いた唇をしめした。

「生きているのかい」

しかし問いは、同時に重なった彼女の言葉にかき消された。

「池田にとって科学とはどんなもの」


「科学――?」

「それが分からなくなったから、休学したんでしょ?」

今までずっと会話をしていて、その続きを話しているような錯覚を覚えた。

「そうなのかもしれない」

声が聞こえるということは、空気の振動があるということである。

いや。

空気の振動は鼓膜が感じ取り、それがさらに脳へ伝わって、意味を成す音として認識される。脳を、仮に電気信号と化学反応だけで動いているものとする。例えば空気の振動が実際にはなかったとしても、脳内において、その音が聞こえたときの反応と同じ電気信号が自作されたのだとすれば、本人にはあたかもその音が実際に外から聞こえているように思えるのではないだろうか。つまり幻聴である。

だから、声が聞こえるからといって、彼女がそこにいるとは限らない。

「科学は、自然への尊敬を堕とすための技術だよ。——すくなくとも、それを誘発するものだと思う。宇宙は数式で書かれた一冊の巨大な書物だ。読まれてしまった部分はもう取り返せないし、読む前の状態に戻ることはできない。数式によって、物体の運動の予測ができる。次にどう動くのか、かなり正確に予想できる。だから怖くない。自然はもう「理解できる」ものになってしまったんだ。「変更」さえできてしまうものになってしまった。自然にはもう、僕たちを畏れさせる力は残っていない」

「本当に、そう思ってる？」

彼女の姿が見えるのは、光が彼女に当たって乱反射を起こし、その光が目の中に入るからである。光は角膜と水晶体で屈折し調節され、ゼリー状の硝子体《しょうしたい》を通って網膜に結像する。網膜では映る像の情報が引き出されて、情報は視神経を通して脳へ送られ、認識がおこなわれる。網膜には三種類の錐体がある。L錐体は赤っぽい光に反応し、M錐体は緑っぽい光に、S錐体は青っぽい光に感応する。化学的な反応に、光は置換されるのである。三種類の錐体のそれぞれの反応具合によって、物体の色が識別される。

最終的な情報処理が、脳内で電気的化学的におこなわれるのだとすれば、たとえ実体がそこになかったとしても、今この瞬間、それが目の前にあって、現実に見ているかのように、脳が幻想を創り出すことも可能だろう。だから、見えるからといって、彼女がそこにいるとは限らない。

「ガリレオ・ガリレイは、世界は数式で書かれているといったんでしょ？　つまり科学は、その書物を読み解く行為、っていうわけだね」

あんなくだらない会話を彼女は憶えていたのだろうか。それは、僕にとってはそれなりに大事な問題でも、藤崎にとっては関心の薄い話題だったはずである。当時は思い至らなかったが、たぶんあのとき藤崎は、儀礼的に話を合わせてくれていただけなのだ。あのときに限らず、いつだってそうだったのかもしれない。僕は面白い話のできる人間ではない。頼れる人間でもない。誰ひとりとして、助けることも、救うこともできない。

「――でも、数字を創ったのは人間だからね。自然の中にもともと数式が存在するわけじゃない。人間が、自然の中にそれを見出せるってだけだよ。自然は本来、何語によっても書かれていない。科学は暗号解読とは違う。

解読は、暗号そのものが見つかっていないとできないね。科学は、自然の中に暗号を見出す行為なんだと思う。そしてその解き方を、こうなんじゃないか、ああなんじゃないかと推測して、その解き方でうまく読めそうだったら先へ進むし、読めなかったら他の読み方を考案する。時には以前の読み方では誤読だったことが判ったりもする。

でも、この暗号には模範解答はないんだよ。だから、「読めるかどうか」ということだけが、その解き方が合っているかどうかを判断する根拠になる。

自然を科学によって理解しようとする行為は、どこまでも近似的なものだよ。それはこっちから近づいてゆく営みであって、最初から用意されている答えを発見するだけのものではない。それに、池田も知っているように、研究されていない事柄なんていうのは、星の数ほど、あるいはそれ以上にある。自然は、それだけ懐の深いものであって、底の浅いものじゃない。科学はあくまで自然に隷従する存在だよ。きちんとした科学者は自然への畏れを忘れてはいない」

香水が香る。

嗅覚もやはり、突き詰めれば脳が生み出す認識に過ぎないのだから、香っているからといって、本当にその香りが漂っている完全な根拠にはならない。

彼女はそこにいないのかもしれない。

「科学っていうのは、人間が、自然を、自分たちに理解できる言葉に置き換えて認識しようとする行為だと私は思う。危険だったり、不思議だったり、美しかったりするありのままの世界を、空想に頼り過ぎずに、目に見えたり、触れたりすることのできる材料だけを使って、なんとか理解していこうとする行為だと思う。そう考えるとさ、ちょっとは擁護したくならない？」

「――それでも、科学技術の多くは、やっぱり、自然と対立する存在だと思う」

「池田は、いつだったか、自然の中から科学的な原則とか原理を見つける行為を、「沼から銀の鉄骨を取り出す」って、喩えたことがあったね。あのときは、その喩えがなかなか分かりやすいところにばかり感心して、意味の方はよく考えてみなかったんだけど」

「僕の唯一の欠点は喩え話が上手すぎるところだからね」

軽口をたたいているのは、たぶん実際の僕ではない。

「私はね、その鉄骨は独立しているものじゃなくて、ごちゃごちゃ、全部が繋がってるものだと思うんだよ。途方もなく大きな一個のカナダワシみたいにね。一部分だけ完全に切り取ることはできない。技術は、そのカナダワシの中で、人間に都合のいい部分だけを切り出して使おうとするわけだよね。でもそれは無理なんだよ。切り取れない。木を燃やせば熱も出るけど、二酸化炭素も出る。二酸化炭素を減らそうと思って吸引装置を造ったとしても、その機械を造る過程で二酸化炭素が出るし、装置は二酸化炭素は吸収できても、それを変換した他の物質は出すことになる。つまり、法則の一部分だけを切り取ったつもりでも、附属の法則がじゃらじゃら付いてくるんだね」

藤崎は微笑っている。僕もつられて微笑っているのかもしれない。顔の感覚が鈍っていて、今、自分がどんな表情を浮かべているのか判らない。

僕は、休み時間に教室で話しているような錯覚に陥っていた。目の前にいる藤崎が幻影なのであれば、それならそれで構わなかった。

　僕は言った。

「――そうすると、もともとの自然のバランスを崩さない技術をつくるためには、自然全体のサイクルをすべて考慮して、その中での技術の「位置」を見出さなければならない、ってことになるね。納得はできるよ。ただ、そうすると悲観せざるを得ない。自然全体のサイクルなんて、なかなか分かるものじゃない」

「でも、考えることはできるよ。考えを緻密に進めていけば、自然界に無理なく馴染む技術だって、少しずつできてくるかもしれない」

「……理想論だよ、それは。人間はそんなに器用じゃない。効率が良ければ、環境に悪くてもそっちに行く。各国の軍は、殺傷能力の高さを競い合っている」

「うん。時間はかかるよ。数十年、数百年かかるかもしれない。だけど、希望はある。人間は歴史を持ってる。過去の経験を蓄えることができる。それをきちんと学べば、希望はあるよ」

「だけど人間は忘れるよ。昨日のことだってろくに憶えていられないんだ。歴史に向き合うなんていう生真面目な人間は、少数派だよ。結局、自分の生活の中の利便性が一番だからね――あるいは利益が」

　藤崎は微笑んだまま、僕を見つめていた。まっすぐな、明るい目だった。僕はその目を見ていると、なぜかそれがとても儚いもので、僕の汚れた目で見返していては、壊してしまいそうに思われて、視線を逸らそうとした。ちょうどその時、藤崎は右手を持ちあげて、いつものことのように、甲で目をかるくこすった。

ああ、藤崎なんだと思った。

「池田が信頼できなくなったのは、科学じゃなくて、人間なんだね」

「……あぁ。あぁ、分かってる」

泣きそうになっているのが自分でも分かった。けれども、目に湧きあがってくるのは、会話とは関係のない涙だった。むしろそれは、嬉しさによるものに近かった。あるいは、安堵によるものに近かった。

今度の事に関わるまで、長じてから泣いたことなどなかった。

映画でも、ドラマでもアニメでもマンガでも小説でも泣いたことはない記録保持者なのだった。記録保持者が、こんな自作の幻覚なぞに泣かされてはたまらない。間違っている。

ここで泣くということは、僕が藤崎に対して恋愛に近い感情を持っていたことにならないだろうか。きっとなるだろう。しかしそうじゃない。そんな簡単な感情に堕とされてたまるものか。僕が彼女に対して持っていたのはもっと複合的で複雑で立体的な感情である。そんな馬鹿馬鹿しいありきたりの、一言で片付くような感情に押し込められるものじゃない。そんなものじゃなかったはずだ。

僕は手のひらを上に向けて、彼女の方へ伸ばした。

そのまま、しばらくは何も言えなかった。言うべき事は分かっているのに、声が、どうしても出てこなかった。

「手をかして」

僕はようやく、それだけ言えた。

彼女の手が上に重なった。

小さい。重さがある。温かい。四日前にはあれほど青く冷たかったのになぜ温かい。

ぽたぽたぽたぽた涙が零れる。止まらない。こんなに水が零れたら脱水症状を起こすに違いない。そういう馬鹿馬鹿しいことを考えてみることにする。干からびてミイラになってしまう。ミイラといえばツタンカーメンであるが考古学はよく知らない。他の事を。他の事を考えなければならない。

藤崎は当たり前のように、ぎゅうと僕の手を優しく握った。

涙が零れる。どうしたらいいのか判らない。

なぜ力が入るのだ。幽霊はひょろひょろしていて吹けば飛ぶようなものではないのか。なぜ、僕なんかに微笑みかけるんだ。僕はきみにつりあうような人間じゃない。ダメな、ダメなやつなのだ微笑まないでくれ優しくしないでくれ僕は、何もできないんだから。

「池田だから、まかせてもいいと思えた」

まともな呼吸ができなくなっている。涙が零れる。ポロポロポロポロポロ零れる。

涙で彼女の姿が霞んでいる。でもまだそこに見えている。

僕は結局、そしてたぶんいつまでも、何も言えない。

＊＊＊

桂城翔葉はその日、ともかくも家を出なければならないと思った。

文夏が死んでから二か月は経過していた。一か月が経つ頃までは、毎夜日記を書くときに、何日経ったか一日一日数えていたが、億劫になり、やめた。十二月も十日を過ぎたことを知ったのは昨日の事である。十八年間継続して書いていた日記も、気がつけば書かなくなっていた。

文夏が死んだのは九月末の事だった。

それから一か月ほどの期間、翔葉は『黄泉の燈』にほとんど死に物狂いで打ち込んだ。他になすべきことなどなかったし、もしも全てを放擲《ほうてき》して何もしなければ、文夏を直視せざるを得なくなり、その時に自分が理性を維持できるのかどうか、翔葉には心もとなかった。しかし撮影というものはどれほど紆余曲折が生じようとも、また完成しようが完成しまいが、どんな形であれいずれは終了するものである。終われば、文夏と向き合わなければならない。そんなことは解っていた。とすると翔葉は、自身が撮影に没頭したのは、ただの時間稼ぎだったのではないかと疑いたくなるのだった。一面において、それは確かにその通りだった。

また一面においては、翔葉は文夏を意識外に追いやることなど、結局のところ一瞬間たりともできなかったのだといえる。なぜなら見ないようにするという行為自体、対象を常に意識していなければできない行為だからである。

もっとも、翔葉には文夏から目を逸らしたいという意志は最初から無かった。映画に集中したのはそれがこなさねばならぬ仕事だったからであり、文夏とは、全てが片付いてから、きちんと向き合う時間をとりたいと考えていた。仮に映画を中途で放擲した場合、翔葉はおそらく、その事に対して自責や後悔を必要以上に背負いこむ。自身でそう思う。すると、せっかく投げ出したにも関わらず、後ろ髪を引かれる形となり、文夏と真正面から向き合うことができなくなる。それは翔葉にとって、とても不本意なことだった。正面から事実を直視すれば、自身の理性は耐えがたい痛みを受け、部分的に、あるいは完全に崩壊する可能性も予想された。が、翔葉にとって——あくまで翔葉にとっては、文夏の決断を忘れようとしたり、無かったことにしようとしたり、あるいは文夏の存在自体を最初からなかったことのように自身に思い込ませようとするのは、親として、してはならぬ行為のように強く思われた。

文夏の骨は散骨されなかった。文夏は桜模様の小さな骨壺に納まったまま、仏壇の前に置かれていた。秋江が姉の着ていた着物を使って朝顔色の巾着袋を作り、壺を包み、深緑色の紐で口を閉じたのは、五日前のことである。

結果的には、翔葉の危惧は杞憂に過ぎなかった。

どれほど文夏の死を直視しようと、翔葉の理性は自身で忌々しく思われるほどに崩れなかった。ものも喰えず眠れもせず立ちあがることすら面倒になり困難になったが、理性だけは残っていた。しかしその事実は翔葉にとって、これっぽっちの慰めにもならなかった。翔葉はむしろ、理性なり論理なり理屈なり道理などを棄却してしまった方が、楽になれるのだろうと考えていた。泣くことさえ彼にはもうできなかった。

座敷に座っていると、目に映るもの全てが文夏と結びつき、止めどなく連続して、声が、まなざしが、足音が、衣擦れが、重さが、匂いが思い出された。理性は崩れなかった。しかし、ちゃんと呼吸はできているのに、肺が重たく、息苦しかった。それでも向き合わなければならない。直視せねばならない。受け入れなければならない。だが、このままでは身体がもたない。

翔葉は家を出ようと思った。たとえ一時間でも、とにかく家を離れなければならないと感じた。それは潜水の途中で息継ぎをしたくなる気持ちとどこか似ていたが、潜水の場合には息を吸わなければいつか確実に死ぬことができるのに対し、翔葉の場合には家を離れず記憶に苛《さいな》まれ続けたとしても、多分いつまでも死ぬことはできず、結局耐えられなくなり、視ることを拒否してしまいかねないという点において、絶望的に異なっていた。文夏と向き合い続けるためにも、どうしても息継ぎが必要だった。

それでも翔葉は、今ここでたとえ一時間でも家を離れるのは、文夏から目を逸らすことを意味するのではないかと酷く不安になった。だから出発のタイミングはグズグズと遅れた。

考えに考えた末に選んだ折衷案を、翔葉は自身でどう解釈すればよいのか解らなかった。文夏も一緒に連れて行こうと思ったのである。

出発の間際、車の助手席に朝顔色の巾着袋を置きながら翔葉が考えたのは、それでも、これは間違いなく一種の自己満足的自傷行為だろうということだった。


家を出たところの最初の道を、左に曲がってしまったのがいけなかった。

右に行けば、道は町の中心へと続く。町まで行けば本屋も喫茶店も映画館もある。

左の川沿いの道を進んでも、コンビニエンスストアと山と歯科医院しかない。

こちらの道を通るとき、助手席の文夏はいつも川を見たがった。川は道の左側に沿って流れている。だから、窓の縁よりも顔が上に出ていれば、簡単に見下ろすことができる。けれども当時文夏はまだ幼かったから、シートベルトを締めていると目の位置が窓の高さまで届かず、川を見ることはできなかった。彼女はそれが悔しくてぐずる。そんなとき翔葉は車を路肩に停めて、川面を眺める時間を作った。窓を開けると文夏は身を乗り出して危ないので、いつも閉めたままだった。文夏は靴を脱いでシートにあがり、腰を浮かせた正座のような姿勢になる。両手を窓枠に置き、おでこをガラスにくっつけて、じっと川面を見下ろす。

文夏がもっと大きくなってからもこちらの道は何度も通ったはずなのに、翔葉に思い出されるのは幼い頃の文夏の姿だけだった。骨壺が小さかったからかもしれない。

青い巾着袋が運転する翔葉を見上げている。


コンビニエンスストアに寄り、翔葉は温かいブラックの缶コーヒーを買った。車の中で飲むつもりだった。すると、何かのキャンペーンでくじ引きをひかされた。四等の野菜ジュースが当たった。200 ml の紙パックの野菜ジュースである。四角い緑色の紙パックは、ここ数日煙草とコーヒーしか飲んでいない翔葉のことを軽蔑しているように見えた。

車に戻った翔葉は、ドリンクホルダーをふたつ引き出し、缶コーヒーと野菜ジュースをそれぞれに収めた。片方は助手席のホルダーだったから、まるで文夏のもののように思われた。今更野菜なんか摂取してもどうにもなるまいに。そんなことを翔葉は思い、頬も動かないほどの小さな感情ではあったが、可笑しかった。

あの公園へ行ってみようと彼が決めたのは、その時である。


丘の上の公園の駐車場は空っぽだった。

土曜日だが、まだ朝の九時過ぎだったから当然といえば当然である。

外に出ると、肌寒い。標高がほんの僅か変化したからかもしれない。風はなかった。晴れていたが、白い絵の具を水に数滴落としたような薄い雲が流れていた。上空の風は強いのだろう。

翔葉は丈の長いコートを着、中折れ帽子を被っていたが、手袋もマフラーも忘れてきた。コートの左ポケットに入れている手は温かい。缶コーヒーがまだ冷めていないからである。右手は朝顔色の巾着袋を抱えている。袋の口は緑色の紐でくくってある。結び目から余った紐が、翔葉の歩調に合わせて揺れる。

公園の入口まで続く煉瓦路を、何年かぶりに歩いた。雪葉を連れてきたことはまだない。薄汚れた赤茶色の煉瓦の隙間を、ふかふかした苔が縁取るように埋めている。

公園には誰もいない。紅葉が終わりかけている。

翔葉は公園を歩いた。ベージュ色の絨毯のような芝生を歩き、銀杏《いちょう》の、楓《かえで》の、もみじの、榎《えのき》の落葉を踏み、赤い葉を浮かべる池の縁を巡った。水面はガラスのように、ゆるりとも動かなかった。

別段、翔葉は感動も感激もしない。

紅葉というのはアントシアン色素が見えているだけだし、黄葉はカロテノイド色素が見えているだけである。興味深い現象だとは思う。壮観であることも認める。けれども感動はできなかった。
文夏は違った。晩秋にここを訪れれば必ず落葉を一枚一枚、本当に面白そうに集めた。集めた葉は輪ゴムで束ねて持ち帰り、広辞苑に挟んで押し葉にした。何度もそのために使用したので広辞苑はよれてしまい、その辞書は押し花と押し葉の専用の重しとなった。

翔葉はベンチに座った。座面は木製、背もたれと肘置きは植物のようにくねらせた鉄製のベンチだった。右隣に、子供を座らせるようにそっと巾着袋を置く。

枝ぶりの立派な楓の木の真下だった。芝生のうえを落葉が紅く覆っている。真後ろには丸く整えられた柊《ひいらぎ》の低木があった。常緑の葉は金属のようにツヤツヤとしていて、尖っている。白く曇ったような蜘蛛の巣が、ところどころにかかっていた。

やや離れてはいるが、すべり台の時計塔が真正面に見えた。赤いトンネルのすべり台は、粗く消した黒板のように白っぽく褪色していた。動かない時計は三時四十二分を指している。赤かった「1」は桃色に、水色の「2」は白色に、山吹色だった「3」は冬瓜の煮物のような色に変わっている。

小さな出来事ばかりが思い出された。
幼い頃、文夏はほんの少し顎を上げて、やや口を開けて走った。何か言いながら走ってくるときには、何を言っているのかさっぱり判らなかった。歩くときには下を向いて、何でもよく見つけた。側溝の蓋をひとつひとつ順番に踏み、鉄網のところはジャンプした。白線があればそのうえを慎重に歩いた。

旅行には何度も行った。入学式も、卒業式も、受験も合格も結婚の挨拶も結婚式も雪葉の出産も縁側も葬式もあったが、そうした出来事の記憶は不思議なほど、底の方に沈んでいた。

翔葉は缶コーヒーをポケットから取り出した。もう冷めて、缶はひんやりとしていた。蓋を開け、一口だけ飲み、膝のうえに置いた。手持ち無沙汰の右手が寒い。ポケットに突っ込むと、何か角のあるものに触れた。引っぱり出してみると、野菜ジュースだった。

翔葉にはそれをポケットに収めた記憶がなかった。自分で飲みたいとは思わない。そして自分が飲まないのならば、この場には他に飲んでくれるものはいない。そんなことは初めから承知しているはずなのに、車を降りる咄嗟の瞬間、どうして自分は、これを持って降りようと判断したのだろうか。

時間をかけて、翔葉は紙パックの側面に記載されている原材料名を読んだ。

それから背面の袋に入っているストローを爪で押し出して、いっぱいまで引き延ばし、先のところを曲げた。パック上面の挿入口から差し込む。すぐに飲める状態になった野菜ジュースを、翔葉はしげしげと眺めてから、朝顔色の巾着の傍らに置いた。何の意味もない行為だった。

翔葉は冷たい右手に息を吹きかけながら、特に表情も変えずに、野菜ジュースと巾着袋をただじっと見下ろしていた。角度や位置関係を記憶しようとでもするかのようだった。

ひとつ、それまでよりも大きな溜息を右手に吐きかけると、翔葉は巾着から視線を外した。視野は時計塔を中心に据えた。猫背気味だった背筋をきちんと伸ばして、コーヒーを一息に飲み干すと、翔葉はコンビニの会計以降、守り続けていた沈黙を静かに終わらせた。

「今から、僕は話をする。それは独り言みたいなものだから、聞いてくれてもいいし、聞いてくれなくても構わない」

視線は時計塔に据えられたまま、離れなかった。

「今年の春に随筆集が刊行されたんだ。話したかな。古いものの寄せ集めなんだけれどもね。その中に、きみのことを書いたものが四本収録されている。きみがまだ小さかった頃の話ばかりだ。あのエッセイの依頼は、アメリカの月刊誌からもらったんだ。そこのリュートさんという人が、『錆びついた車軸』を読んだらしくてね。子供について何か書いてくれと依頼された。書くのならきみのことだった。秋枝はまだ四歳だったし、ずっと入院していたから、秋枝のことは別のところで書きたいと思っていたんだ。

それで――まあ、アメリカの雑誌だからね。日本語で書いて送ってもよかったんだろうけれども、翻訳の手間を省くために、へたくそな英語で書くことにしたんだな。その時に、きみの本名をそのまま公開するのには、僕はちょっと抵抗があったものだから、スペルを逆さまにして、それを仮名にした。二十年ぐらい前の話だよ。その邦訳をすることになったんだけれどね、仮名の翻訳には困ったよ。できあがった邦訳を読み返すと、なんだかきみが男の子みたいな印象になってしまった」

翔葉は、本当に話したいと思っている事柄を自分が避けていることに気がついている。だから言葉を切り、目を瞑った。深く息を吸い込むと、肺が甘い枯葉の匂いに充ちる。

翔葉は目を開き、もう一度時計塔を見据えた。視線の位置は先ほどよりも少しずれ、赤いすべり台の出口に据えられていた。誰もいないのだから、そこから誰か出てくるはずもない。だが翔葉はまばたきもほとんど忘れて、その一点を見つめた。

もう一度語りはじめる。

「僕は真面目な話をするのは苦手だ。講義も講演も苦手だし、お説教はもっと苦手なんだ。――こんな前置きをすると、いかにもこれからお説教を始めるみたいに聞こえるね。けれども、違うんだよ。僕にはきみを責めるつもりなんて微塵も無い。そんな権利は誰も持っていない。もし、理不尽にきみの決断を責める人間がいるのだとすれば、僕は全力を尽くしてきみを擁護するし、その人物を糾弾する。

けれどもそれは、きみの意思を尊重するという意味において擁護する、ということだ。きみの決断は、僕たちにとっては、やっぱり受け入れられるものじゃないよ。とても無理だよ、そんなことは。

でも――どうなんだろうか。

僕たちは、きみの決断を受け入れるべきなんだろうか。命を、勝手に与えたのは僕たちだ。もしその事で、きみが僕たちを責めたいと思うのなら、僕たちには、返す言葉が見つからない。もしも、きみが「生まれてきたくなかった」というのなら、僕たちの判断は、もしかすると、間違っていたのかもしれない。けれども、もしそれを間違いだなんていうのなら、それはきみの生そのものが間違いだったということになってしまう。そんなことは僕には言えないよ。だってね。きみの生は、少なくとも僕たちにとっては、絶対に間違いなんかじゃなかった。もしかするとそれは、僕たちの自分勝手な思い上がりなのかもしれないし、一面においては、間違いなくそうなんだろうけれどね。

でもね。――もっと早いうちに、きちんと言っておけばよかったと思うんだけれど――僕たちはきみに会えて本当に嬉しかったんだ。本当に嬉しかった。困ったね。僕は馬鹿みたいに自分勝手だな」

駐車場の方向から、子供が二人駆けてくるのが遠目に見えた。兄弟なのだろう。兄は十歳くらい、弟は七歳くらいか。追いかけっこをしながら、すべり台にまっすぐ向かっている。お揃いの赤いマフラーは、きっちりと巻かれているから靡かない。親の姿はまだ見えない。

「こんなことを今さら話したところで、何の意味もないことは解っているつもりなんだがね。きみは砂になってしまったし、砂は意識なんて持っていないんだからね。僕はただ、きみの生きているときにちゃんと言うことのできなかった言葉を、自分を保つためだけに、独言しているんだ。そうすることで、ほんのちょっとだけ、伝えた気になることができるからね。言えなかった言葉の——伝わらなかった言葉の取り返しなんか、つかないのにね」

三時四十二分で停止していた時計の針が、閊《つか》えでも取れたように回りはじめた。弟はまだ二階部分にいる。兄が舵を廻しているのだろう。ローラー式すべり台の出口のところに、まだ若い父親が立っている。分厚い手袋を嵌めた両手でカメラの調子を見ている。同じように若い母親は、塔の入り口から上階の二人を見上げている。

「きみが一度目に首を括ろうとして、止めたとき、僕は、どうしてきみに死んでもらいたくないのかということを、話して聞かせたね。きみは、こっちが拍子抜けするほど静かに、従順に耳を傾けていた。僕にはそう見えたんだ。僕の言葉が解ってもらえていなかったことは、ずっと後になるまで気がつくことができなかった。僕は、僕の言葉に何かしらの力があるものだと驕っていたんだ。僕の言葉には力なんかない。僕は、自分が恥ずかしい。あの時、僕がもっと自分を疑って、きちんときみに伝わる言葉を選ぶことができていたら、もしかすると、きみをそんな小さな壺に入れなくて済んだのかもしれない。それが、なんというかな、とても——とても悔しくてね」

兄弟は、ローラー式のすべり台を一人ずつすべりはじめる。父親が手袋を外した手でシャッターを切る。兄は照れくさそうな面持ちですべり、弟は「おおー」と何かに感嘆しながらすべる。母親はいつのまにか父親のそばまで来ている。

「今さら僕が何をしたところで、手遅れなのは解っているんだ。無意味なことも解っている。それに今の僕には、もう小説も映画もつくれない。

——だけど、僕はきみのために、きみが安心して眠れるような、温かい場所を造ってあげたい。そこには、きみが好きだったものがいっぱいに詰まっているんだ。お菓子箱みたいにね。僕たちの思い出もたくさん納まっている。その場所自体が、一冊のアルバムのようになっているんだ。そうしたもののひとつひとつはきっと、一枚一枚の毛布みたいに、きみを温かくしてくれる。

僕はそこに、きみを守ってくれる門を造る。とても頑丈な門をいくつも造って、悪いものや軽薄なものが、もう二度ときみに近づかないようにする。門の開け方を知っているのは、最初は僕だけだ。僕は、案内人になる。きみのことを大切に思い、僕たちの秘密を理解してくれる人だけを、きみのもとへ案内する。そうでない人たちは、そもそも門の存在にさえ気がつかない」

翔葉は姿勢を崩さなかった。視野もほとんど動かさなかった。特に、自分の右側は絶対に見ないように気を張っていた。見さえしなければ、そこには七歳の少女が座っているのだと思い込むことができる。野菜ジュースのパックを両手で持って飲みながら、地面につかない足をゆらんゆらんと振っているのだと思い込むことができる。今日は寒いから、てっぺんに白いふさふさのついたニット帽を被って、木のボタンのついた青緑色のセーターを着ている。動きやすい黒のズボンをはいている。くるぶしの上のところに赤いリンゴが刺繍された紺色の靴下は、彼女のお気に入りである。土ぼこりをかぶった濃い赤色の靴は、そろそろきつくなりはじめている。マフラーと手袋は、遊ぶときに邪魔になるから着けたがらなかった。

「好奇心だけでは、その門は開けられない。――でも、もしも、案内なしで全ての門を開けることができて、きみのもとに辿りつける人間がいるのだとすれば、もしそんな人がいるのだとすれば――そんな人だったらね、たとえ僕が案内しなかった人でも、きみの友達になる資格が、あるんじゃないかな」

子供たちはもう一度塔にのぼり、今度は赤いトンネルのすべり台をすべろうとしている。母親も一緒にすべる様子である。文字盤の後ろ側で、三人は何かしゃべっている。順番を決めているのだろう。父親は赤いすべり台の下から三人を見上げている。

曲がりくねった時計の針は、七時二十八分で止まっている。

「もう何も心配しなくていいんだ。何も不安に思わなくていい。だから。どうか、ゆっくり、眠っておくれ」

母親が最初にすべった。次が弟だった。弟がすべりおえるとすぐに兄も到着した。だから兄は弟の背中にぶつかって、二人は原っぱのうえに重なった。明るい叫び声のあとで、二人は何か楽しく文句を言い合いながら笑っている。父親がシャッターを切っている。母親は弟のマフラーを直してやっている。

冬空はどんな音もたやすく吸い込んでしまう。兄弟がどんな面白い文句を言い合っているのかは判らない。母親が弟に何を話しかけているのかも判らない。ただ、楽しそうであることだけは間違いない。

桂城翔葉は祈るような気持ちで、遠く離れた四人に向かって微笑んだ。

＊＊＊

池田君が挨拶にやって来たのは、四月八日のことだった。明日九日に横浜へ戻り、休学を解いて復学するということだった。もう四月になっているが間に合うのかと尋ねると、なんとかなりますと応えた。

お茶を飲んだ後、二人で地下に降りて、文夏さんと、そして雪葉君に手を合わせた。池田君は白い菊の花を買って来ていた。それを供えた。

帰り際、鉄扉を閉めるとき、池田君は扉を支えたまま、長い間じっと立ち尽くして、草はらを見つめていた。目に焼き付けているのかもしれなかったし、雪葉君にさよならを言っているのかもしれなかった。

暗号をリセットするハンドルは、動かさなかった。動かしてしまえば、この空間はまた閉ざされ、一度開けられたからといって、再び容易には入れなくなる。

明日、私は雪葉君の家族を、ここへ連れてくることになっている。雪葉君の祖母から電話があったからだ。翔葉の妻は、暗号の事を全てご存じだった。

翔葉が図書館の秘密を打ち明けたのは、妻と、雪葉君だけだった。青野さんは、暗号の仕掛けも、地下空間の存在も知ってはいたが、お墓を訪れたことはなかった。

秋枝さんは知らなかった。ようやく闘病を終えた秋枝さんに塔の事を話すのは、翔葉にとって、躊躇されることだったようである。秋枝さんと文夏さんは仲の良い姉妹だったから、奥様は伝えてもよいのではないかと考えていた。翔葉に対しても、秋枝だけ除け者にせず、教えてはどうかと意見したことが一度ならずあったという。しかし、翔葉は、「私の自己満足を押しつけるわけにはいかない」と言い、迷ってはいる様子だったが、結局首を縦に振らなかった。

まもなく秋枝さんは結婚し、高知県に移り住んだ。そうなると、塔の事を打ち明けるのはより困難になった。それでも、晩年には話そうかという相談を妻に持ち掛けたこともあったそうだ。雪葉君にはすでに伝えた後だった。

しかし、亡くなる数か月くらい前から、「もう還って行ったから、いいんだ」と言って、秋枝さんに話す意志はなくなったように見えたという。そして塔についても、暗号についても、文夏さんについても、何も話さなくなった。毎週末訪れていた図書館にも、行かなくなった。

何が、どこへ還って行ったのか、翔葉は最期まで誰にも語らなかったという。

階段横の扉をくぐって地下空間を抜けると、私たちはそのまま図書館を出た。

砂利道を踏みながら、一緒に歩いた。

風のある日だった。樹々がゆるく波打ち、葉や小枝が時おり落ちた。木の葉の擦れ合う音が心地よい。雲は多かったが、晴れていた。雀が追いかけっこをしていた。鶯が鳴いた。

門の前に着いた。

「池田君。しっかり、栄養のあるものを食べなさい。きみはもっと自分をいたわることを知らなければならない。体調を崩してしまえば、きみがしたいと思っている事に、注力できる時間が減ってしまうことにもなりかねない。きみは、もうすこし自分を許してあげるべきだよ」

池田君は難しそうに微笑んだ。木の枝を漏れてきた日の光が当たると、彼の髪の毛は茶色がかって見えた。

「努力してみます」

間が空いた。

「——先生、僕は必ず戻ってきます。本当はずっとここにいるべきなのでしょうが、僕は、僕たちのおこなっている事に対して、自分なりの見極めをつけなければなりません。それが藤崎との約束ですから」

「うむ。戻ってくるのはいいが——きみはきみの願望を優先するべきだ。向こうに残るという選択肢も、そう慌てて捨てなくともよいだろう。ここの事は、私にまかせてくれて構わない」

「先生。僕の望みは、藤崎の近くにいることなんです」

恥ずかしかったのだろう。池田君は目を逸らし、顔を横に向けて、塔の方を見た。ここからでは樹々に半ば隠れているが、六角形の屋根と文字盤は、見えないこともなかった。

ひときわ大きな風が吹き抜けて、樹々を揺さぶった。

池田君は時計塔をじっと見上げていたが、

「先生にはあの手すりに――」

と言いかけて、口をつぐんだ。

「言ってみなさい」

池田君は塔を見たまま、少しのあいだ黙っていた。それから言った。

「先生にはあそこに藤崎がみえますか」

真面目な顔をしていた。

「――とても残念だが、私にはみえない」

池田君は納得したように、表情をふとやわらげた。塔を見上げたままだった。それから急に、引き離すように、塔から視線を外し、私を見た。

「じゃあ、そろそろ行きます」

「うむ。行ってらっしゃい」

「行ってきます」

一度、深々とお辞儀をしてから、池田君は朽ちた道路を下っていった。

道路のうえには木漏れ日が風に揺れていた。

頭上で樹々がざわざわと音を立てていた。


しばらくして、池田君は振り返った。

私にちょっと会釈をしてから、また塔を見上げた。その位置からでは、樹々に遮られてよく見えないはずだったが、池田君はじっと塔のある方を見つめていた。そして、何か呟いた。

私は振り返って、塔を見上げた。

樹々の隙間から見える塔は、何事もなかったかのように、しんと佇んでいた。

池田君が何を呟いたのか、私には聞き取ることはできなかった。

塔を見上げても、私には何もみえなかったし、何も聞こえなかった。

けれども、しばらくそうしていると、なんだかとても落ち着いてきた。

秋に匂った金木犀の記憶が、ふと蘇った。

あれはたしかに「お休み」と言ったのだろうと、その時、私は思った。


（了）

【主要参考文献】

『光学の基礎』（著　左貝潤一）（コロナ社）
『新編　日本古典文学全集37・今昔物語集（3）』（校注・訳　馬淵和夫／国東文麿／稲垣泰一）（小学館）
『世界の名著26　ガリレオ』（責任編集　豊田利幸）（中公バックス）

本作品はフィクションであり、登場人物・団体名等は全て架空のものです。実在する人物・団体とは一切関係ありません。

◎論創ノベルスの刊行に際して

本シリーズは、弊社の創業五〇周年を記念して公募した「論創ミステリ大賞」を発火点として刊行を開始するものである。

公募したのは広義の長編ミステリであった。実際に応募して下さった数は私たち選考委員会の予想を超え、内容も広範なジャンルに及んだ。数多くの作品群に囲まれながら、力ある書き手はまだまだ多いと改めて実感した。

私たちは物語の力を信じる者である。物語こそ人間の苦悩と歓喜を描き出し、人間の再生を肯定する力があるのではないか。世界的なパンデミックや政情不安に覆われている時代だからこそ、物語を通して人間の尊厳に立ち返る必要があるのではないか。

「論創ノベルス」と命名したのは、狭義のミステリだけではなく、広義の小説世界を受け入れる私たちの覚悟である。人間の物語に耽溺する喜びを再確認し、次なるステージに立つ覚悟である。作品の刊行に際しては野心的であること、面白いこと、感動できることを虚心に追い求めたい。

読者諸兄には新しい時代の新しい才能を共有していただきたいと切望し、刊行の辞に代える次第である。

二〇二二年一一月

麦野 弘明（むぎの・ひろあき）

1998年生まれ。山口県出身。
慶應義塾大学大学院理工学研究科修了。

塔《とう》のある図書館《としょかん》にて　〔論創ノベルス015〕

2024年9月1日　初版第1刷発行

著者	麦野弘明
発行者	森下紀夫
発行所	論創社 〒101-0051　東京都千代田区神田神保町2-23　北井ビル tel. 03（3264）5254　fax. 03（3264）5232　https://ronso.co.jp 振替口座　00160-1-155266
装釘	宗利淳一
組版	フレックスアート
印刷・製本	中央精版印刷

ISBN978-4-8460-2387-4